D0635048

COLLECTION FOLIO

Marguerite Duras

Dix heures
et demie
du soir en été

Gallimard

Marguerite Duras est née en Indochine où son père était professeur de mathématiques et sa mère institutrice. A part un bref séjour en France pendant son enfance, elle ne quitta Saigon qu'à l'âge de dix-huit ans.

I

— Paestra, c'est le nom. Rodrigo Paestra.

— Rodrigo Paestra.

— Oui. Et celui qu'il a tué, c'est Perez. Toni Perez.

— Toni Perez.

Sur la place, deux policiers passent sous la pluie.

— A quelle heure il a tué Perez?

Le client ne sait pas au juste, au début de l'après-midi qui se termine en ce moment. En même temps que Perez, Rodrigo Paestra a tué sa femme. Les deux victimes ont été trouvées il y a deux heures, au fond d'un garage, celui de Perez.

Dans le café, déjà, l'ombre a gagné. Au fond, sur le bar mouillé, des bougies sont allumées et leur lumière se mélange, jaune, à celle, bleutée, du jour mourant. L'averse cesse comme elle est venue, brutalement.

— Quel âge, la femme de Rodrigo Paestra? demande Maria.

— Très jeune. Dix-neuf ans.

Maria fait une moue de regret.

11

— Je voudrais un autre verre de manzanilla, dit-elle.

Le client le lui commande. Lui aussi boit de la manzanilla.

— Je me demande comment ils ne l'ont pas encore attrapé, continue-t-elle, la ville est si petite.

— Il connaît mieux la ville que les policiers. Un as, Rodrigo.

Le bar est plein. On y parle du crime de Rodrigo Paestra. On est d'accord sur Perez, mais sur la jeune femme, non. Une enfant. Maria boit son verre de manzanilla. Le client la regarde, surpris.

— Vous buvez toujours de cette façon?

— Ça dépend, dit-elle, plus ou moins, oui, à peu près toujours de cette façon.

— Seule?

— En ce moment, oui.

Le café ne donne pas directement sur la rue mais sur une galerie carrée, partagée, trouée de part et d'autre par l'avenue principale de la ville. Cette galerie est bordée de balustrades de pierre dont la tablette est suffisamment large et forte pour supporter le poids des enfants qui sautent par-dessus ou s'y allongent tout en regardant la montée des averses et le passage des policiers. Parmi eux se trouve Judith, la fille de Maria. Accoudée à une balustrade elle regarde la place, la dépassant, elle, seulement de la tête.

Il doit être entre six et sept heures du soir.

Une autre averse arrive et la place se vide. Des palmiers nains en massif, au milieu de cette place, se tordent sous le vent. Des fleurs, entre eux, sont écrasées. Judith arrive de la galerie et se blottit contre sa mère. Mais sa peur s'en est allée. Les éclairs se succèdent à un rythme si rapide qu'ils s'enchaînent les uns aux autres et que le vacarme du ciel est continuel. C'est une rumeur qui parfois se brise en éclats métalliques mais qui reprend aussitôt que défaite en une modulation de plus en plus sourde à mesure que l'averse s'épuise. Dans la galerie, le silence se fait. Judith quitte sa mère et va voir la pluie de plus près. Et la place qui danse dans les stries de la pluie.

— Il y en a pour toute la nuit, dit le client.

L'averse se termine, brutalement. Le client se détache du bar et montre le ciel bleu sombre, cerné par régions entières d'un gris plombé, et qui touche aux toits, tellement il est bas.

Maria veut encore boire. Il commande les manzanillas sans faire de remarques. Lui aussi en prendra.

— C'est mon mari qui a voulu de l'Espagne pour les vacances. Moi j'aurais préféré ailleurs.

— Où ?

— Je n'y ai pas pensé. Partout à la fois. Et en Espagne aussi. Ne faites pas attention à ce que je dis. Au fond, je suis bien contente d'être en Espagne cet été.

Il prend son verre de manzanilla et le lui tend. Il paye le garçon.

— Vous êtes arrivée vers cinq heures, n'est-ce pas ? demande le client. Vous étiez peut-être dans une petite Rover noire qui s'est arrêtée sur la place ?

— Oui, dit Maria.

— Il faisait encore très clair, continue-t-il. A ce

13

moment-là il ne pleuvait pas. Vous étiez quatre dans cette Rover noire. Il y avait votre mari qui conduisait. Vous étiez à côté de lui ? Oui ? et à l'arrière il y avait une petite fille — il la montre — celle-ci. Et une autre femme.

— Oui. Nous avions eu des orages depuis trois heures de l'après-midi, dans les champs, et ma petite fille avait peur. C'est pourquoi nous avons décidé de nous arrêter ici au lieu de gagner Madrid ce soir.

Le client tout en parlant surveille la place, le passage des policiers qui, avec l'éclaircie, se font voir de nouveau et il écoute de toutes ses forces, à travers la rumeur du ciel, les coups de sifflet qui fusent de tous les coins des rues.

— Mon amie aussi avait peur de l'orage, ajoute Maria.

Le couchant est au bout de l'avenue principale de la ville. C'est la direction de l'hôtel. Il n'est pas quand même aussi tard qu'on pourrait le croire. L'orage a brouillé les heures, il les a précipitées, mais voici qu'elles réapparaissent à travers l'épaisseur du ciel, rougeoyantes.

— Où sont-ils ? demande le client.

— A l'hôtel Principal. Il faut que j'aille les rejoindre.

— Je me souviens. Un homme, votre mari, est à moitié descendu de la Rover noire et il a demandé à un groupe de jeunes gens combien il y avait d'hôtels dans la ville. Et vous êtes partis dans la direction de l'hôtel Principal.

— Il n'y avait plus de chambres, bien sûr. Déjà, il n'y en avait plus.

14

Le couchant s'est de nouveau couvert. Une nouvelle phase de l'orage se prépare. Cette masse océanique, bleu sombre, de l'après-midi s'avance lentement au-dessus de la ville. Elle vient de l'est. Il fait juste assez de lumière encore pour voir sa couleur menaçante. Ils doivent toujours être à l'orée du balcon. Là, au bout de l'avenue. Mais voici que tes yeux sont bleus, dit Pierre, à cause, cette fois, du ciel.

— Je ne peux pas encore rentrer. Regardez ce qui se prépare.

Judith, cette fois, ne revient plus. Elle regarde des enfants qui jouent pieds nus dans les caniveaux de la place. Une masse d'eau argileuse circule entre leurs pieds. Cette eau est d'un rouge sombre, du même rouge que la pierre de la ville et que la terre environnante. Toute la jeunesse est dehors, sur cette place, sous les éclairs et les grondements incessants du ciel. On entend des chants sifflés de jeunes gens qui percent le tonnerre de leur douceur.

Voici l'averse. L'océan est déversé sur la ville. La place disparaît. Les galeries se remplissent. On parle plus fort dans le café pour s'entendre. On hurle, parfois. Et les noms de Rodrigo Paestra et de Perez.

— Un peu de répit pour Rodrigo Paestra, dit le client.

Il montre les policiers qui se sont abrités dans la galerie et qui attendent la fin de l'averse.

— Six mois qu'il était marié, continue le client. Il l'a trouvée avec Perez. Qui n'aurait pas agi de la sorte ? Il sera acquitté, Rodrigo.

Maria boit encore. Elle fait une grimace. Le moment de la journée est arrivé où l'alcool lui soulève le cœur.

— Où est-il? demande-t-elle.

Le client se penche sur elle. Elle sent l'odeur citronnée et épaisse de ses cheveux. Les lèvres sont lisses, belles.

— Sur un toit de la ville.

Ils se sourient. Il s'écarte. Elle a encore la chaleur de sa voix dans le creux de l'épaule.

— Noyé?

— Non — il rit — je répète ce que j'ai entendu. Je ne sais rien.

Une discussion s'engage au fond du café à propos du crime, très bruyante, qui fait cesser les autres discussions. La femme de Rodrigo Paestra s'était jetée dans les bras de Perez, était-ce la faute de Perez? Peut-on repousser une femme qui vous arrive dessus de la sorte?

— Le peut-on? demande Maria.

— C'est difficile. Mais Rodrigo l'avait oublié.

Perez a des amis qui le pleurent ce soir. Sa mère est là, seule auprès de son corps, à la mairie. Et la femme de Rodrigo Paestra? Son corps est également à la mairie. Mais elle n'était pas d'ici. Personne n'est auprès d'elle ce soir. Elle était de Madrid, elle était arrivée ici pour le mariage, à l'automne dernier.

L'averse cesse et, avec elle, le bruit fracassant de la pluie.

— Une fois mariée, elle a voulu de tous les hommes du village. Que faire? La tuer?

16

— Quelle question, dit Maria — elle montre un endroit de la place, une large porte fermée.

— C'est là, en effet, dit le client, c'est la mairie.

Un ami rentre dans le café, ils parlent encore du crime.

De nouveau, avec la fin de l'averse, la place se remplit d'enfants. On distingue mal le bout de l'avenue, là où se termine la ville, et la masse blanche de l'hôtel Principal. Maria s'aperçoit que Judith est parmi les enfants de la place. Avec circonspection elle inspecte les lieux et finit par descendre dans l'eau rouge et boueuse. L'ami du client offre un verre de manzanilla à Maria. Elle accepte. Depuis combien de temps est-elle en Espagne ? Neuf jours, dit-elle. L'Espagne lui plaît ? Bien sûr. Elle connaissait déjà.

— Il faut que je rentre, dit-elle. Avec cet orage, on ne sait pas où aller.

— Chez moi, dit le client.

Il rit. Elle rit, mais pas assez à son gré.

— Encore une manzanilla ?

Non, elle ne veut plus boire. Elle appelle Judith qui revient bottée du rouge de l'eau de la place.

— Vous reviendrez ? Ce soir ?

Elle ne sait pas, la chose est possible.

Elles suivent le trottoir vers l'hôtel. Des odeurs d'écurie et de foin soufflent dans la ville. La nuit sera bonne, maritime. Judith marche dans les caniveaux d'eau rouge. Maria la laisse faire. Elles rencontrent les polices qui gardent les issues des rues. Il fait presque tout à fait nuit. La panne d'électricité dure toujours, et elle durera probablement encore. Sur le champ des toits il y a encore,

17

pour qui les voit, les lueurs d'un couchant. Maria prend la main de Judith et elle lui parle. Judith, habituée, n'écoute pas.

Ils sont là, assis l'un en face de l'autre, dans la salle à manger. Ils sourient à Maria et à Judith.

— On t'a attendue, dit Pierre.

Il regarde Judith. Elle aussi a eu très peur de l'orage sur la route. Elle a pleuré. Des cernes marquent encore le contour de ses yeux.

— L'orage continue, dit Pierre. C'est dommage. Nous aurions pu gagner Madrid dans la soirée.

— Il fallait s'y attendre, dit Maria. Il n'y a toujours aucune chambre, personne n'a osé partir?

— Aucune. Même pour les enfants.

— Demain il fera beaucoup moins chaud, dit Claire, c'est ce qu'il faut se dire.

Pierre promet à Judith qu'ils resteront là.

— On pourra manger, lui dit Claire. Et on va installer des couvertures dans les couloirs pour les petites filles comme toi.

Plus une table n'est libre dans la salle à manger.

— Et tous des Français, dit Claire.

A la lueur des bougies sa beauté est encore plus évidente. S'est-elle entendu dire qu'on l'aimait? Elle se tient là, souriante, prête pour une nuit qui n'aura pas lieu. Ni ses lèvres, ni ses yeux, ni sa chevelure en désordre ce soir, ni ses mains écartées, ouvertes, relâchées dans l'allégresse de la promesse d'un bonheur très proche, ne prouvent qu'ils sont sortis dès ce soir de l'observation silencieuse de la promesse de ce bonheur prochain.

Voici la pluie. Elle fait sur la verrière qui se trouve au-dessus de la salle à manger un tel vacarme que les clients hurlent leur commande. Des enfants pleurent. Judith hésite puis ne pleure pas.

— Quelle pluie, dit Claire — elle s'étire d'impatience — c'est fou ce qu'il peut pleuvoir, c'est fou, c'est fou; écoute, Maria, comme il pleut.

— Comme tu avais peur, Claire.

— C'est vrai, se souvient-elle.

Le désordre était partout dans l'hôtel. Il ne pleuvait pas encore mais l'orage était toujours là, menaçant. Lorsque Maria les a retrouvés ils étaient dans le bureau de l'hôtel. Ils bavardaient l'un près de l'autre dans ce bureau de l'hôtel. Elle s'est arrêtée, pleine d'espoir. Ils n'ont pas vu Maria. C'est alors qu'elle a découvert leurs mains se tenant l'une l'autre avec décence, le long de leurs corps rapprochés. Il était tôt. On pouvait penser que le soir était arrivé, mais c'était l'orage qui obscurcissait le ciel. Il n'y avait plus trace de sa peur dans les yeux de Claire. Maria avait trouvé qu'elle avait le temps — le temps — d'aller sur la place, dans ce café qu'ils avaient aperçu en arrivant.

Pour ne pas regarder Pierre elles suivent des yeux les garçons chargés de plateaux de manzanilla et de xérès. Claire en appelle un au passage et elle lui demande des manzanillas. Il faut crier à cause du bruit de la pluie sur la verrière. On crie de plus en plus fort. La porte du bureau s'ouvre de minute en minute. Des gens arrivent toujours. L'orage est énorme, très étendu.

— Où étais-tu, Maria? demande Pierre.

— Dans un café, avec un ami de cet homme, Rodrigo Paestra.

Pierre se penche vers Maria.

— Si tu y tiens vraiment, dit-il, on peut gagner Madrid ce soir.

Claire a entendu.

— Claire ? demande Maria.

— Je ne sais pas.

Elle a presque gémi. Les mains de Pierre se sont tendues vers les siennes et puis, elles se sont rétractées. C'est dans l'auto, pendant sa peur de l'orage, que ce geste lui est déjà venu, dans le roulement du ciel sur lui-même, du ciel suspendu au-dessus du blé, dans les cris de Judith, dans la lumière crépusculaire du jour. Elle avait pâli, Claire, et tant, que sa pâleur surprenait plus encore que la peur dont elle témoignait.

— Tu ne sais pas, Claire, ce genre d'inconvénients, tu l'ignores, des nuits blanches passées dans les couloirs des hôtels.

— Mais si. Qui ne les connaît pas ?

Elle se débat dans l'imagination des mains de Pierre sur les siennes, il y a quelques heures à peine, sous les yeux aveuglés de Maria. A-t-elle encore pâli ? A-t-il remarqué qu'elle pâlissait encore ?

— On va rester là cette nuit, dit-il. Pour une fois.

Il sourit. Sourit-il jamais, autrefois ?

— Pour une fois ? demande Maria.

Les mains de Pierre, cette fois, vont au bout de leur course et atteignent celles de sa femme, Maria.

— Je voulais dire que je n'avais pas encore assez

l'habitude de ces inconvénients pour les redouter au point que tu dis, Maria.

Maria s'écarte de la table et pour le dire ses mains s'agrippent à sa chaise et ses yeux se ferment.

— Une fois, à Vérone, dit-elle.

Elle ne voit pas ce qui arrive. C'est la voix de Claire qui, dans le tumulte des autres voix, se fait un passage lumineux.

— A Vérone? Qu'y a-t-il eu?

— Nous avons mal dormi, dit Pierre.

Le repas a commencé. L'odeur des bougies est tellement forte qu'elle domine celle de la nourriture que des garçons en sueur apportent par fournées. Il y a des cris et des réclamations. La directrice de l'hôtel demande qu'on la comprenne, sa situation est difficile, ce soir, en raison de l'orage.

— Que j'ai bu, annonce Maria. Encore une fois, qu'est-ce que j'ai bu!

— Toujours tu t'en étonnes, dit Claire.

L'averse a cessé. Dans des temps de silence imprévisible le ruissellement de la pluie se fait entendre, sur la verrière, joyeux. Judith, partie vers les cuisines, est ramenée par un garçon. Pierre parle de la Castille. De Madrid. Il découvre que dans cette ville-ci il y a deux Goya à l'église San Andrea. L'église San Andrea est sur la place qu'ils ont traversée en arrivant. On apporte le potage. Maria sert Judith. Et les yeux de Judith se remplissent de larmes. Pierre sourit à son enfant. Maria abandonne l'espoir de faire manger Judith.

— Je n'ai pas faim ce soir, dit Claire, tu vois, je crois que c'est cet orage.

21

— Le bonheur, dit Maria.

Claire s'absorbe dans le spectacle de la salle à manger. Derrière son expression tout à coup pensive il y a un sourire. Pierre, le visage crispé, lève les yeux sur Maria — les mêmes yeux que ceux de Judith — et Maria sourit à ces yeux-là.

— On attendait tellement cet orage, cette fraîcheur, explique Maria.

— Comme c'est vrai, dit Claire.

Maria recommence à espérer faire manger Judith. Elle y réussit. Cuillerée par cuillerée, Judith se nourrit. Claire lui raconte une histoire. Pierre écoute aussi. Le désordre de la salle à manger se calme un peu. Pourtant on entend toujours le tonnerre qui est plus ou moins fort, suivant la course de l'orage plus ou moins lointaine ou proche. Lorsque la verrière s'illumine d'un éclair toujours un enfant crie.

Tandis que se poursuit le dîner on parle du crime de Rodrigo Paestra. Des gens rient. A l'instar de Rodrigo Paestra qui, dans sa vie n'aurait pas l'occasion de tuer avec cette simplicité?

Les sifflets de la police continuent dans la nuit. Lorsqu'ils sont très voisins de l'hôtel les conversations s'apaisent, les gens écoutent. Certains espèrent et attendent la capture de Rodrigo Paestra. Une nuit difficile s'annonce.

— Il est sur les toits, dit Maria tout bas.

Ils n'ont pas entendu. Judith mange des fruits.

Maria se lève. Elle sort de la salle à manger. Ils restent seuls. Elle a dit qu'elle allait voir comment était fait cet hôtel.

Il y a beaucoup de couloirs. Ils sont circulaires

pour la plupart. Certains débouchent sur les champs de blé. Certains sur la perspective de l'avenue qui coupe la place. Personne n'y dort encore. Certains autres aboutissent à des balcons qui surplombent les toits de la ville. Une autre ondée se prépare. L'horizon est fauve. Il paraît très lointain. L'orage a encore grossi. Il vous en vient la désespérance de le voir se terminer cette nuit.

— Les orages partent comme ils viennent, a dit Pierre. D'un seul coup. Il ne faut pas que tu aies peur, Claire.

Il l'a dit. Le parfum irrésistible de sa frayeur, de sa jeunesse effrayée, Maria ne le connaissait pas encore. Il y a quelques heures de cela.

Les toits sont vides. Ils le seront toujours sans doute quelque espoir que l'on ait de les voir, une fois, se peupler.

La pluie est légère mais recouvre ces toits vides et la ville disparaît. On ne voit plus rien. Il reste le souvenir d'un esseulement rêvé.

Lorsque Maria revient dans la salle à manger la directrice annonce l'arrivée de la police.

— Comme vous le savez sans doute, dit-elle, un crime a eu lieu cet après-midi dans notre ville. Nous nous en excusons.

II

Personne n'a à décliner son identité. La directrice se porte garante de ses clients.

Six policiers s'élancent à travers la salle à manger. Trois autres vont vers ces couloirs circulaires qui la contournent. Ils vont fouiller les chambres qui donnent sur ces couloirs. Ils vont simplement fouiller ces chambres, dit la directrice. Ça va être très court.

— On m'a dit qu'il était sur les toits, répète Maria.

Ils ont entendu. Elle a parlé bas. Mais ils ne s'étonnent pas. Maria n'insiste pas. Le grand désordre dans la salle à manger atteint son comble. Tous les garçons sont de ce village et connaissent Rodrigo Paestra. Les agents aussi sont du village. Ils s'interpellent. Le service s'arrête. La directrice intervient. Attention si on dit ici du mal de Perez. Les garçons continuent entre eux. La directrice hurle des ordres que personne n'entend.

Et puis, peu à peu, les choses étant dites entre les garçons, les clients reviennent peu à peu de leur stupeur et réclament la fin du service. Les garçons le reprennent. Ils parlent aux clients. Tous les clients écoutent avec attention les propos des garçons, ils surveillent les allées et venues des policiers, ils s'inquiètent, espèrent ou désespèrent de l'issue des recherches, il y en a qui sourient encore de la naïveté de Rodrigo Paestra. Des femmes parlent de l'horreur d'être tuée à dix-neuf ans, et d'en être là où en est la femme de Rodrigo Paestra, seule, si seule, ce soir, dans cette mairie de village, une enfant. Mais tous mangent, dans le désordre, plus ou moins de bon appétit, mais ils mangent cette nourriture apportée par les garçons dans le désordre et la colère. Des portes claquent, celles des couloirs, et les policiers traversent la salle à manger, s'y croisent, mitraillettes à la main, bottés, ceinturés, immuablement sérieux, ils répandent une odeur nauséabonde de cuir mouillé et de sueur. Toujours des enfants pleureront à leur vue.

Deux d'entre les policiers ont dû prendre la direction de ce couloir, à gauche de la salle à manger, que Maria vient de quitter.

Judith, au-delà de l'épouvante, ne mange plus de fruits. Il n'y a plus de policiers dans la salle à manger. Le garçon qui les servait revient à leur table en tremblant de colère, il marmonne des injures contre Perez et rend hommage à la longue patience de Rodrigo Paestra, et Judith, des quartiers d'orange dégoulinants entre les doigts l'écoute, l'écoute.

Ils ont dû atteindre le balcon qui est au bout du couloir circulaire que Maria vient de quitter. Il ne pleut plus justement, et l'éloignement de leurs pas dans ce couloir qui longe la salle à manger, Maria l'entend dans le ruissellement de la pluie sur la verrière que personne, dans la salle à manger, ne perçoit maintenant.

On dirait que le calme est revenu. Le calme du ciel. Le calme ruissellement de la pluie sur la verrière ponctué par les pas des policiers dans ce dernier couloir — une fois les chambres, les cuisines, les cours, fouillées — l'oubliera-t-on ? un jour ? Non.

S'ils ont atteint le balcon qui est au bout de ce dernier couloir, s'ils l'ont atteint, il est sûr que Rodrigo Paestra n'est pas sur les toits de la ville.

— Pourquoi m'a-t-on dit une chose pareille ? recommence Maria tout bas.

Ils ont entendu. Mais aucun des deux ne s'étonne.

Elle a vu ces toits. Il y a un instant encore ils s'étendaient, régulièrement parsemés sous le ciel, enchevêtrés, nus, au-dessous du balcon, nus et uniformément vides.

Des appels arrivent de l'extérieur, de la rue ? De la cour ? De très près. Les garçons s'arrêtent et attendent, les plats à la main. Personne ne se plaint. Les appels continuent. Ils font des trouées d'épouvante dans le silence soudain. A force d'écouter on entend que ces appels sont toujours les mêmes. C'est son nom.

— Rodrigo Paestra.

Ils l'adjurent de répondre, de se rendre, en de longues plaintes scandées, presque tendres.

Maria s'est levée. Pierre lui tend le bras et la force à s'asseoir. Elle s'assied docilement.

— Mais il est sur les toits, dit-elle tout bas.

Judith n'a pas entendu.

— C'est drôle, dit Claire tout bas, ça m'est complètement égal.

— Mais, dit Maria, simplement, je le sais.

Pierre appelle doucement Maria.

— Je t'en prie, Maria, dit-il.

— Ce sont ces appels, dit-elle, qui portent sur les nerfs, ce n'est rien.

Les appels cessent. Et une averse recommence. Voici les policiers. Les garçons reprennent leur service, le sourire aux lèvres, les yeux baissés. La directrice ne quitte pas la porte de la salle à manger, elle surveille son personnel, elle sourit aussi, elle aussi, elle connaissait Rodrigo Paestra. Un policier rentre dans le bureau de l'hôtel et il téléphone. Il appelle la ville voisine pour demander du renfort. Il crie à cause du bruit de la pluie sur la verrière. Il dit que le village a été consciencieusement cerné dès le crime découvert et qu'ils ont dix chances sur dix de découvrir Rodrigo Paestra à l'aurore, qu'il faut attendre, que les recherches sont difficiles à cause de l'orage et de la panne d'électricité, mais qu'il est probable que cet orage va, comme d'habitude, cesser avec le jour et que ce qu'il faut, c'est garder les issues de la ville toute la nuit, que pour cela il faut des hommes encore, afin que dès la première lumière, Rodrigo Paestra soit pris comme un rat. Le policier a été compris. Il attend une réponse qui vient vite. Vers dix heures, dans une heure et demie, les renforts seront là. Le garçon revient, tremblant, à leur table, et s'adresse à Pierre.

— S'ils le prennent, dit-il, s'ils arrivent à le prendre, il ne se laissera pas mettre en prison.

Maria boit du vin. Le garçon s'en va. Pierre se penche vers Maria.

— Ne bois pas tant, Maria, je te le demande.

Maria lève son bras, repousse l'obstacle que pourrait être cette voix, encore et encore. Claire a entendu Pierre parler à Maria.

— Je ne bois pas beaucoup, dit Maria.

— Il est vrai, dit Claire, que Maria ce soir boit moins que d'habitude.

— Tu vois, dit Maria.

Claire, elle, ne boit rien. Pierre se lève et dit que lui aussi il va voir cet hôtel.

Il n'y a plus de policiers dans l'hôtel. Ils sont partis en file indienne dans l'escalier qui longe le bureau. Il ne pleut pas. Les coups de sifflets continuent mais au loin, et dans la salle à manger les bavardages ont repris, les plaintes, qui portent surtout sur la mauvaise nourriture espagnole que les garçons servent encore aux derniers venus avec un zèle triomphant puisque Rodrigo Paestra n'a pas encore été pris. Judith est calme et bâille maintenant. Lorsque le garçon revient à leur table il s'adresse à Claire, à la beauté de Claire, et s'arrête pour la regarder encore une fois qu'il a parlé.

— Une chance pour qu'ils ne l'aient pas, dit-il.

— Est-ce qu'elle aimait Perez? demande Claire.

— Impossible d'aimer Perez, dit le garçon.

Claire rit et le garçon se laisse aller à s'amuser aussi.

— Quand même, dit Claire, si elle aimait Perez ?

— Pourquoi voulez-vous que Rodrigo Paestra le comprenne ? demande le garçon.

Il s'en va. Claire se met à grignoter du pain. Maria boit et Claire la laisse boire.

— Pierre ne revient pas ? dit Maria.

— Je ne sais pas. Comme toi.

Maria s'avance vers la table, elle se redresse puis s'approche très près de Claire.

— Ecoute, Claire, dit Maria, écoute-moi.

Claire, dans un mouvement contraire se renverse sur sa chaise. Elle jette ses yeux loin de Maria, regarde sans le voir le fond de la salle à manger.

— Je t'écoute, Maria, dit-elle.

Maria retombe sur sa chaise et ne dit rien. Un moment se passe. Claire a cessé de grignoter du pain. Lorsque Pierre revient il raconte qu'il est allé choisir le meilleur couloir de l'hôtel pour Judith, il a vu le ciel, il a vu que l'orage se vidait petit à petit et qu'il ferait probablement beau demain et que très tôt, s'ils le voulaient, ils pourraient rejoindre Madrid, après avoir vu ces deux Goya à San Andrea. Comme l'orage a repris il parle un peu plus fort qu'à l'accoutumée. Sa voix est belle, toujours précise, d'une précision, ce soir, presque oratoire. Il parle des deux Goya qu'il serait dommage de ne pas voir.

— Sans cet orage, nous les aurions oubliés, dit Claire.

Elle l'a dit comme autre chose et cependant comme jamais encore elle ne l'eût dit avant ce soir.

Où était-ce dans ce crépuscule, à eux laissé par Maria, tout à l'heure, à quel endroit de l'hôtel se sont-ils étonnés d'abord et ensuite émerveillés de s'être connus si peu jusque-là, de cette adorable convenance qui entre eux cheminait pour se découvrir enfin derrière cette fenêtre? sur ce balcon? dans ce couloir? dans cette tiédeur refluante des rues après les ondées, derrière le ciel si sombre, Claire, que tes yeux, en ce moment même ont la couleur même de la pluie. Comment l'aurais-je remarqué jusqu'ici? Tes yeux, Claire, sont gris.

Elle lui a dit que la lumière y était toujours pour quelque chose et qu'il se trompait sans doute, ce soir, en raison de l'orage.

— Il me semble bien, si j'ai bonne mémoire, dit Maria, qu'avant de partir de France nous avions parlé de ces deux Goya.

Pierre s'en souvient. Pas Claire. L'averse cesse et ils s'entendent. La salle à manger se vide peu à peu. Il éclate un brouhaha dans les couloirs. Sans doute dédouble-t-on les lits. On change des enfants. Le moment vient où Judith doit dormir. Pierre se tait. Et enfin, Maria le dit.

— Je vais aller coucher Judith dans ce couloir.
— On t'attend, dit Pierre.
— Je reviens.

Judith ne rechigne pas. Dans le couloir il y a beaucoup d'enfants dont quelques-uns dorment déjà. Maria ne déshabille pas Judith ce soir. Elle la roule dans une couverture, contre le mur, au milieu du couloir.

Elle attend que Judith s'endorme. Elle attend longtemps.

III

Et à force de temps passé, toute trace de crépuscule disparaît du ciel.

— Ne comptez pas que l'électricité revienne dans la ville ce soir, avait dit la directrice de l'hôtel. C'est l'habitude dans ce pays, les orages y sont très violents, qu'elle ne revienne pas de toute la nuit.

L'électricité n'est pas revenue. Il va encore faire de l'orage, des averses brusques vont se succéder pendant toute la nuit. Le ciel est toujours bas et court, toujours happé par un vent très fort, vers l'ouest. Il est visible, dans sa couche parfaite jusqu'à l'horizon. Et visibles aussi sont les limites de l'orage qui tente de gagner toujours plus avant les contrées claires du ciel.

Du balcon où elle se tient, Maria voit cet orage dans toute son étendue. Ils sont restés dans la salle à manger.

— Je reviens, a dit Maria.

Derrière elle, dans le couloir, tous les enfants, maintenant, dorment. Parmi eux se trouve Judith. Lorsque Maria se retourne elle peut voir sa forme endormie dans les tendres lueurs des lampes à pétrole accrochées au mur du couloir.

— Dès qu'elle dort, je reviens, leur a dit Maria. Elle dort, Judith.

L'hôtel est plein. Les chambres, les couloirs, et tout à l'heure, ce couloir-ci se peupleront encore davantage. Il y a plus de gens dans cet hôtel que dans tout un quartier de la ville. Au-delà de laquelle les routes s'étalent, désertes, jusqu'à Madrid vers quoi court l'orage depuis cinq heures du soir, crevant par-ci, par-là, se trouant d'éclaircies, se reformant encore. Jusqu'à épuisement. Quand? Toute la nuit, il durera.

Plus un café n'est ouvert dans la ville.

— On t'attend, Maria, a dit Pierre.

La ville est petite, elle tient dans deux hectares, elle est enfermée tout entière dans une forme irrégulière mais pleine, aux contours nets. Après elle, de quelque côté que l'on se tourne, une campagne s'étend, nue, dans une ondulation à peine sensible cette nuit-ci, mais qui, à l'est pourtant, s'effondre, semble-t-il, brusquement. Un torrent jusque-là asséché, mais qui demain débordera.

Lorsqu'on regarde l'heure il est dix heures. Le soir. C'est l'été.

Des policiers passent sous les balcons de l'hôtel. Ils doivent commencer à être lassés de leurs recherches. Ils traînent les pieds dans la boue des rues. Le crime a eu lieu il y a longtemps, des heures, ils parlent de ce temps qu'il fait.

— Rodrigo Paestra, il est sur les toits.

Maria se souvient. Les toits sont là, ils sont

38

vides. Ils brillent vaguement au-dessous du balcon où elle se trouve. Vides.

Ils l'attendent dans la salle à manger, au milieu des tables défaites, oublieux d'elle, immobilisés dans une contemplation mutuelle. L'hôtel est plein. Ils n'ont de place pour se voir, que là.

Des sifflets éclatent une nouvelle fois à l'autre bout de la ville, bien au-delà de la place, vers Madrid. Rien ne se produit. Des policiers arrivent au coin de la rue, à gauche, ils s'arrêtent, repartent. C'est un simple relais de l'attente. Les policiers passent sous le balcon, et tournent dans une autre rue.

Il n'est pas beaucoup plus tard que dix heures du soir. L'heure est dépassée à laquelle elle aurait dû les rejoindre dans la salle à manger, arriver, s'introduire entre leurs regards, s'installer, et leur redire une nouvelle fois encore cette surprenante nouvelle.

— On m'a dit que Rodrigo Paestra est caché sur les toits de la ville.

Elle quitte le balcon, pénètre dans le couloir et s'allonge auprès de Judith endormie, la sienne, la forme sienne parmi toutes les autres d'enfants du couloir. Elle l'embrasse doucement sur les cheveux.

— Ma vie, dit-elle.

L'enfant ne se réveille pas. Elle remue à peine, soupire et retombe dans un calme sommeil.

Ainsi est la ville, déjà close sur le sommeil. Quelques-uns parlent encore de Rodrigo Paestra dont la femme a été trouvée nue près de Perez tous

39

deux endormis après l'amour. Et puis, morte. Le corps de dix-neuf ans est à la mairie.

Si Maria se levait, si Maria allait à la salle à manger, elle pourrait demander qu'on lui apporte un verre d'alcool. Elle imagine la première gorgée de manzanilla dans sa bouche et la paix de son corps qui s'ensuivrait. Elle ne bouge pas.

Par-delà le couloir, à travers l'écran jaune et vacillant des lampes à pétrole, il doit y avoir les toits de la ville, recouverts par le ciel qui court, s'épaississant toujours. Le ciel est là, contre le cadre du balcon ouvert.

Maria se relève, hésite à repartir vers la salle à manger où ils sont encore dans l'émerveillement de leur foudroyant désir, seuls encore au milieu des tables défaites et des garçons harassés qui attendent leur départ, et qu'ils ne voient plus.

Elle repart vers ce balcon, fume une cigarette. La pluie n'est pas encore revenue. Elle tarde. Le ciel la couve encore mais il faut attendre. Derrière le balcon, voici des couples qui arrivent dans le couloir. Ils parlent très bas à cause des enfants. Ils s'allongent. Ils se taisent d'abord, dans l'espoir d'un sommeil qui ne vient pas, et puis ils recommencent à parler. De partout, des rumeurs de voix arrivent, surtout des chambres pleines, brisées régulièrement par le passage fatidique des policiers.

Après que ceux-ci sont passés la rumeur conjugale reprend, lente, lassée, quotidienne, dans les couloirs circulaires et dans les chambres. Derrière les portes, dans les lits dédoublés, dans les accouplements nés de la fraîcheur de l'orage, on parle de l'été, de cet orage d'été et du crime de Rodrigo Paestra.

Voici enfin l'averse. En quelques secondes elle remplit les rues. La terre est trop sèche et n'arrive pas à boire tant de pluie. Les arbres de la place se tordent sous le vent. Maria voit leur cime apparaître et disparaître derrière les arêtes des toits et, lorsque les éclairs illuminent la ville de la campagne, dans leur blême clarté, dans le même temps, elle voit la forme fixe et noyée de Rodrigo Paestra agrippée autour d'une cheminée de pierre sombre.

L'averse dure quelques minutes. Le calme revient en même temps que s'amollit la force du vent. Une vague lueur, à force de l'attendre, tombe du ciel apaisé. Et dans cette lueur qui augmente à mesure qu'on la souhaite plus vive, mais dont on sait qu'elle va très vite s'obscurcir des prémices d'une autre phase de l'orage, Maria voit la forme imprécise de Rodrigo Paestra, la forme éclatante, hurlante et imprécise de Rodrigo Paestra.

La recherche policière recommence. Les voici qui reviennent, avec l'apaisement du ciel. Ils avancent dans la boue, toujours. Maria se penche au-dessus de la rampe du balcon et les voit. L'un d'entre eux rit. Toute la ville résonne des mêmes coups de sifflets régulièrement espacés. Simples relais de l'attente encore, qui va durer jusqu'au matin.

D'autres balcons que celui-ci, où se tient Maria, s'étagent sur la façade nord de l'hôtel. Ils sont vides, sauf un seul, un seul, à la droite de Maria, à l'étage supérieur. Ils doivent y être depuis très peu de temps. Maria ne les a pas vus arriver. Elle recule légèrement dans l'embrasure du couloir où maintenant les gens dorment.

Ça doit être la première fois qu'ils s'embrassent. Maria éteint sa cigarette. Elle les voit se détacher de toute leur hauteur sur le ciel en marche. Tandis qu'il l'embrasse, les mains de Pierre sont sur les seins de Claire. Sans doute se parlent-ils. Mais très bas. Ils doivent se dire les premiers mots de l'amour. Ils leur montent aux lèvres, entre deux baisers, irrépressibles, jaillissants.

Les éclairs rendent la ville livide. Ils sont imprévisibles, arrivent suivant un rythme désordonné. Lorsqu'ils se produisent ils rendent leurs baisers livides aussi, ainsi que leur forme maintenant unique jusqu'à l'aveuglement. Est-ce sur ses yeux, derrière l'écran du ciel noir qu'il l'aura d'abord embrassée ? On ne peut pas le savoir. Tes yeux avaient la couleur de ta peur de l'après-midi, la couleur de la pluie, en ce moment même, Claire, tes yeux, je ne les vois qu'à peine, comment l'aurais-je déjà remarqué, tes yeux doivent être gris.

Devant ces baisers, à quelques mètres d'eux, Rodrigo Paestra enveloppé dans sa couverture brune, attend que passe la durée infernale de la nuit. A l'aurore, c'en sera fait.

Une nouvelle phase de l'orage se prépare qui va les séparer et qui va priver Maria de les voir.

Tandis qu'il le fait, elle le fait aussi, elle porte ses mains à ses seins solitaires, puis ses mains retombent et s'accrochent au balcon, sans emploi. Alors qu'elle s'était avancée trop avant sur ce balcon

42

lorsqu'ils étaient confondus dans cette forme unique jusqu'à l'aveuglement, elle se recule maintenant un peu en deçà du balcon, vers le couloir où déjà, le vent nouveau s'engouffre dans les verres de lampes. Non, elle ne peut pas se passer de les voir. Elle les voit encore. Et leurs ombres sont sur ce toit. Voici que leurs corps se descellent. Le vent soulève sa jupe et, dans un éclair, ils ont ri. Le même vent que celui sous sa jupe, traverse de nouveau toute la ville, cognant aux arêtes des toits. Dans deux minutes l'orage va venir, va déferler sur la ville entière, vidant les rues, les balcons. Il doit s'être reculé pour mieux l'enlacer encore, la retrouver pour la première fois dans un bonheur renouvelé par cette douleur inventée de la tenir loin de lui. Ils ne savent pas, ils sont encore dans l'ignorance que l'orage va les séparer pour la nuit.

Il faut attendre encore. Et tant l'impatience de l'attente grandit qu'elle atteint son comble, et voici, un répit se produit. Une main de Pierre est partout sur ce corps d'autre femme. L'autre main la tient serrée contre lui. C'est chose faite pour toujours.

Il est dix heures et demie du soir. L'été.

Et puis il est un peu davantage. La nuit est enfin là, tout à fait. Il n'y a pas de place durant cette nuit, dans cette ville, pour l'amour. Maria baisse les yeux devant cette évidence : ils resteront sur leur soif entière, la ville est pleine, dans cette nuit d'été faite pour leur amour. Les éclairs continuent à mettre en pleine lumière la forme de leur désir. Ils sont toujours là, enlacés et immobiles, sa main à lui arrêtée maintenant sur ses hanches à elle pour

toujours, tandis qu'elle, elle, elle, les mains rete-
nant ses épaules, arrêtées dans son agrippement, sa
bouche contre sa bouche, elle le dévore.

Le temps des éclairs, dans le même temps, met
en pleine lumière le toit qui se trouve en face d'eux
et sur son faîte, autour d'une cheminée, la forme
enveloppée de son linceul du criminel Rodrigo
Paestra.

Le vent augmente, s'engouffre dans le couloir et
passe sur les formes des enfants endormis. Une
lampe s'est éteinte. Mais rien ne les réveille. La
ville est noire et dort. Dans les chambres le silence
s'est fait. La forme de Judith est sage.

Ils ont disparu du balcon aussi soudainement
qu'ils étaient arrivés. Il a dû l'entraîner sans la
lâcher — comment le pourrait-il — dans l'ombre
d'un couloir endormi. Le balcon est déserté. Maria
regarde une nouvelle fois sa montre. Il est presque
onze heures. Sous le coup du vent qui augmente
toujours une forme d'enfant — ce n'est pas celle-là
— pousse un cri, isolé, se retourne et retombe dans
le sommeil.

Et voici la pluie. Et de nouveau son odeur
ineffable, odeur terne des rues d'argile. Sur la
forme morte de Rodrigo Paestra, morte de douleur,
morte d'amour, la pluie tombe de même que sur les
champs.

Où ont-ils pu trouver à se rejoindre ce soir, dans
cet hôtel ? Où lui enlèvera-t-il cette jupe légère, ce
soir même ? Qu'elle est belle. Que tu es belle, Dieu
que tu l'es. Leurs formes ont disparu complètement de ce balcon avec la pluie.

Dans la pluie des rues, l'été, dans les cours, dans

les salles de bains, dans les cuisines, l'été, partout, il est partout, l'été, pour leur amour. Maria s'étire, rentre, s'allonge dans le couloir, s'étire encore. Est-ce fait maintenant ? Dans un autre couloir noir, étouffant, il n'y a peut-être personne — qui les connaît tous ? — celui qui se trouverait dans le prolongement de leur balcon, par exemple, au-dessus exactement de celui-ci, dans ce couloir miraculeusement oublié, le long du mur, par terre, est-ce fait ?

Demain arrivera dans quelques heures. Il faut attendre. L'averse est plus longue que la précédente. Elle continue à tomber avec force. Et sur la verrière aussi qui résonne affreusement dans tout l'hôtel.

— On t'a attendue, Maria, dit Pierre.

Ils sont arrivés avec la fin de l'averse. Elle a vu leurs deux ombres s'avancer vers elle alors qu'elle était allongée près de Judith, ombres immenses. La jupe de Claire gonflée aux hanches se soulève des genoux. Le vent du couloir. Trop vite. Ils n'ont pas eu beaucoup de temps entre leur départ du balcon et leur arrivée auprès de Maria. Ils sourient. L'espoir était donc insensé. L'amour ne s'est pas fait ce soir dans cet hôtel. Il faut attendre encore. Tout le restant de la nuit.

— Tu as dit que tu revenais, Maria, dit encore Pierre.

— C'est-à-dire. J'étais fatiguée.

Elle l'a vu la chercher par terre dans le couloir, attentivement, la dépasser presque et s'arrêter à elle qui est la dernière, avant l'issue du couloir vers le gouffre noir de la salle à manger. Claire le suivait.

— Tu n'es pas revenue, dit Claire.

— C'est-à-dire, répète Maria — elle montre Judith — elle aurait eu peur.

Pierre sourit. Son regard quitte Maria et découvre l'existence d'une fenêtre ouverte sur un balcon au fond du couloir.

— Quel temps, dit-il.

Il a chassé la découverte de cette fenêtre dans la seconde même où il venait de la faire. A-t-il eu peur ?

— Et il y en a pour toute la nuit, dit-il. Ça cessera avec le jour.

Rien qu'à sa voix, elle l'eût su, tremblante, altérée, gagnée elle aussi par le désir de cette femme.

Elle, à son tour, Claire, sourit à Judith. A la forme si petite de Judith, déjetée, enveloppée dans sa couverture brune. Ses cheveux sont encore mouillés de la pluie du balcon. A la lumière jaune de la lampe à pétrole sont ses yeux. Pierres bleues de tes yeux. Je vais manger tes yeux, lui disait-il, tes yeux. La jeunesse des seins apparaît précise, sous son tricot blanc. Le regard bleu est hagard, paralysé par l'insatisfaction, par l'accomplissement de l'insatisfaction même. Ce regard s'est détourné de Judith et il est revenu vers Pierre.

— Est-ce que tu es retournée dans un café, Maria ?

— Non. Je suis restée là.

— Heureusement que nous ne sommes pas partis pour Madrid, dit Pierre. Tu vois.

46

Il s'est tourné de nouveau vers la fenêtre ouverte.

— Heureusement, oui.

Dans la rue qui longe l'hôtel un coup de sifflet éclate. Est-ce fait ? Pas de deuxième coup de sifflet. Ils attendent tous les trois. Non. Simple relais de l'attente une nouvelle fois. Des pas alourdis par la boue des rues s'éloignent vers le nord de la ville. Ils n'en parlent pas.

— Elle n'a pas chaud ce soir, dit Claire.

Maria caresse le front de Judith.

— A peine. Moins que d'habitude. Il fait bon.

Rien qu'aux seins de Claire, elle l'eût su, Maria, qu'ils s'aimaient. Ils vont se coucher là, près d'elle, séparés tandis qu'ils sont tenaillés par le désir, déchirés. Et ils sourient tous deux, pareillement coupables, épouvantés et heureux.

— On t'a attendue, répète Pierre.

Même Claire a levé les yeux. Puis elle les baisse et il ne reste sur son visage qu'un sourire lointain, ineffaçable. Rien qu'à voir le baissement de ses yeux sur ce sourire, elle l'eût compris, Maria. Quelle gloire. Sur quelle gloire se ferment ces yeux. Ils ont dû chercher, chercher partout dans l'hôtel, leur place. Ça n'a pas été possible. Ils ont dû abandonner. Maria nous attend, a dit Pierre. Quel avenir devant eux, ces jours qui vont suivre.

Les mains de Pierre sont ballantes le long de ses jambes. Huit ans qu'elles lui caressent le corps. C'est Claire qui entre maintenant dans le malheur qui coule, de source, de ces mains-là.

— Je me couche, annonce-t-elle.

Elle prend une couverture posée sur un guéridon

47

par la direction de l'hôtel. Elle se drape dedans, toujours riante, et s'allonge au bas de la lampe à pétrole, dans un soupir. Pierre ne bouge pas.

— Je dors, dit Claire.

Pierre prend une couverture à son tour, puis il s'allonge près de Maria, de l'autre côté du couloir.

Rodrigo Paestra existe-t-il encore, là, à vingt mètres d'eux trois ? Oui. La police vient encore de passer dans la rue. Claire soupire encore.

— Ah, je dors déjà, dit-elle. Au revoir, Maria.

— Au revoir, Claire.

Pierre a allumé une cigarette. Des respirations régulières s'élèvent dans la fraîcheur du couloir, dans son odeur de pluie et de Claire.

— Il fait bon, dit Pierre tout bas.

Du temps passe. Maria devrait le redire à Pierre : « Tu sais, c'est fou, mais Rodrigo Paestra est vraiment là, sur le toit. En face. Et dès le jour il sera pris. »

Maria ne dit rien.

— Tu es fatiguée, Maria ? demande Pierre encore plus bas.

— Moins que d'habitude. L'orage sans doute. Ça fait du bien.

— C'est vrai, dit Claire, on est moins fatigué que les autres soirs.

Elle ne dormait pas. Un coup de vent éteint la dernière lampe. Des éclairs de nouveau sont au bout du couloir. Maria se retourne légèrement mais on ne peut pas voir le toit de là où ils sont, Pierre et elle.

— Ça n'en finira jamais, dit Pierre. Tu veux que je rallume, Maria ?

48

— Ce n'est pas la peine. Je préfère comme ça.

— Je préfère aussi, recommence Claire.

Elle se tait. Maria le sait : Pierre espère qu'elle va s'endormir. Il ne fume plus, se tient immobile contre le mur. Mais elle parle encore, Claire.

— Demain, dit-elle, il faudra retenir les chambres dès midi à Madrid.

— Il faudrait, oui.

Elle a bâillé. Pierre et Maria attendent qu'elle tombe dans le sommeil. Il pleut beaucoup. Peut-on mourir de recevoir un orage tout entier lorsqu'on le désire ? Maria croit se souvenir que c'est la forme morte de Rodrigo Paestra qu'elle a vue sur le toit.

Maria sait que Pierre ne dort pas, qu'il est attentif à elle, Maria, sa femme, et que le désir qu'il a de Claire se corrompt en ce moment du souvenir de sa femme, qu'il s'assombrit de la crainte qu'elle en ait deviné quelque chose, qu'il se trouble à l'idée de la nouvelle solitude de Maria, sa femme, ce soir, eu égard à ce qu'ils furent autrefois.

— Tu dors ?

— Non.

Ils ont parlé très bas encore une fois. Ils attendent. Oui, cette fois, Claire s'est endormie.

— Quelle heure est-il ? demande Maria.

Avec la fin de la pluie, voici la police que doit entendre aussi Rodrigo Paestra. Pierre regarde sa montre à la lueur de la cigarette qu'il vient d'allumer.

— Onze heures vingt. Tu veux une cigarette ?

Maria la veut bien.

— Il fait déjà plus clair, dit Pierre. Le temps va peut-être se lever. Tiens, Maria.

Il la lui tend. Ils se relèvent un peu le temps de la lui allumer, puis ils s'allongent de nouveau. Au bout du couloir, Maria a aperçu l'écran bleu sombre du balcon.

— C'est long, des nuits pareilles, dit Pierre.

— Oui. Essaye de t'endormir.

— Et toi?

— Une manzanilla me ferait plaisir. Mais ce n'est pas possible.

Pierre attend avant de répondre. Une dernière rafale de pluie, très légère, recouvre Rodrigo Paestra. Dans la rue, on chantonne et on rit. La police, une autre fois encore. Mais dans le couloir, le calme règne.

— Tu ne veux pas essayer de boire un peu moins, Maria? Une fois?

— Non, dit Maria. Plus.

L'odeur terreuse monte des rues, intarissable, l'odeur des larmes avec celle qui suit et l'accompagne, celle du blé mouillé en pleine maturité. Va-t-elle le lui dire : « C'est idiot, Pierre, mais Rodrigo Paestra est là. Là. Là. Et dès le jour il sera pris. »

Elle ne dit rien. C'est lui qui parle.

— Tu te rappelles? Vérone?

— Oui.

S'il étendait la main, Pierre toucherait les cheveux de Maria. Il a parlé de Vérone. De l'amour toute la nuit, entre eux, dans une salle de bains de Vérone. Un orage aussi, l'été aussi, et l'hôtel plein. « Viens, Maria. » Il s'étonnait. « Mais quand, quand aurais-je assez de toi? »

— Donne-moi encore une cigarette, dit Maria.

Il la lui donne. Cette fois-ci elle ne s'est pas relevée.

— Si je t'ai parlé de Vérone c'est que je n'ai pas pu m'en empêcher.

L'odeur de la boue et du blé arrive par effluves dans le couloir. L'hôtel baigne dans cette odeur, la ville, Rodrigo Paestra et ses morts, et le souvenir inépuisable mais parfaitement vain d'une nuit d'amour à Vérone.

Claire dort bien. Voici qu'elle se retourne brusquement et gémit sous le coup de cette odeur de ville endormie et de ce récent événement des mains de Pierre, ce soir, sur son corps. Pierre entend aussi ce gémissement de Claire. C'est passé. Claire s'apaise. Et Maria aux côtés de Pierre n'entend plus que les respirations d'enfants sur lesquelles passent les policiers avec une ponctualité de plus en plus frappante à mesure que le matin s'approche.

— Tu ne dors pas?

— Non, dit Maria. Dis-moi l'heure.

— Minuit moins le quart — il attend. Tiens, prends encore une cigarette.

— Je veux bien. A quelle heure, l'aurore, en Espagne?

— Très tôt, en cette saison.

— Je voulais te dire, Pierre.

Elle prend la cigarette qu'il lui tend. Sa main tremble un peu. Il attend de s'être allongé de nouveau pour le lui demander.

— Qu'est-ce que tu veux me dire, Maria?

Pierre attend longuement une réponse qui ne vient pas. Il n'insiste pas. Ils fument tous les deux, couchés sur le dos à cause du carrelage qui meurtrit les hanches. On ne peut que subir cette meurtrissure dans son moindre mal. On ne peut pas ôter le pan de la couverture de Judith qui vous recouvre sans être à découvert aux regards de Pierre. On ne peut que tenter de fermer les yeux entre chaque bouffée de cigarette, les rouvrir, sans bouger du tout, se taire.

— Encore heureux d'avoir trouvé cet hôtel, reprend Pierre.

— Encore heureux, oui.

Il fume plus rapidement qu'elle. Sa cigarette est terminée. Il l'écrase dans l'espace qui reste encore entre lui et Maria, au milieu du couloir, entre les corps endormis. Les averses durent maintenant très peu, le temps d'un soupir de Claire.

— Tu sais Maria. Je t'aime.

La cigarette de Maria se termine elle aussi, elle l'écrase, de même que Pierre, sur une dalle libre du couloir.

— Ah, je sais, dit-elle.

Que se passe-t-il? Que se prépare-t-il? Est-ce vraiment la fin de l'orage? Quand les averses arrivent ce sont des seaux d'eau renversés sur la verrière et sur les toits. Un bruit de douche qui dure à peine quelques secondes. Il aurait fallu s'être endormi avant cette phase de l'orage. S'être fait à l'idée de cette nuit ratée avant qu'arrive ce moment.

— Il faut que tu dormes, Maria.

— Oui. Mais ce bruit, dit-elle.

Elle le pourrait, elle pourrait se retourner sur

elle-même et se retrouver tout entière contre lui. Ils se lèveraient. Ils s'en iraient tous deux loin du sommeil de Claire dont le souvenir pâlirait à mesure du passage de la nuit. Il le sait.

— Maria. Maria. Tu es mon amour.

— Oui.

Elle n'a pas bougé de place. Dans la rue, des sifflets encore, font croire que l'aurore approche, toujours plus proche. Il n'y a plus d'éclairs, que très faibles et lointains. Claire gémit encore sous le coup du souvenir des mains de Pierre serrées sur ses hanches découvertes. Mais l'habitude en vient comme celle du raclement feutré des respirations des enfants. Et l'odeur de la pluie recouvre la singularité du désir de Claire, la rend au commun du désir qui, cette nuit, sévit dans la ville.

Maria se relève doucement, se retourne à peine vers lui, arrête son mouvement et le regarde.

— C'est idiot, mais j'ai vu Rodrigo Paestra. Il est là sur le toit.

Pierre dort. Il vient de s'endormir avec la brutalité d'un enfant. Maria se souvient qu'il en fut toujours ainsi.

Il dort. Cette confirmation porte à sourire. N'en était-elle pas sûre ?

Elle se relève un peu plus. Il ne bouge pas. Elle se relève tout à fait, frôle son corps abandonné dans le sommeil, délivré, seul.

Lorsque Maria atteint le balcon, elle regarde l'heure qu'elle avait sur elle, attachée à son poignet, son heure. Il est minuit et demi. Dans trois

53

heures sans doute, à cette saison-là de l'année, ce sera l'aurore. Rodrigo Paestra, dans la même pose mortuaire que lorsqu'elle l'a découvert, attend avec cette aurore, d'être tué.

IV

Le ciel a pris de la hauteur, sur la ville, mais dans le lointain il est encore au ras des champs de blé. Mais c'est la fin. Les éclairs sont moins forts. Moins forts les roulements du tonnerre. Dans deux heures et demie ce sera l'aurore quel que soit l'état du temps. Une mauvaise aurore, voilée, une mauvaise aurore pour Rodrigo Paestra. Maintenant, tout le monde dort dans l'hôtel et dans la ville, excepté elle, Maria, et Rodrigo Paestra.

Les sifflements des policiers ont cessé. Ils font des rondes autour de la ville, en gardant les issues, en attendant le jour joyeux où ils prendront Rodrigo Paestra. Dans deux heures et demie.

Peut-être Maria va-t-elle dormir. Tant est forte son envie de boire. Peut-être est-ce au-dessus de ses forces d'attendre l'aurore. Le moment de la nuit est arrivé où, déjà, les heures vous jettent dans la fatigue du prochain jour devenu inévitable. La simple perspective de son arrivée vous accable. Dans le prochain jour, leur amour grandira encore. Il faut attendre.

Maria reste sur le balcon, même lorsqu'une

nouvelle averse crève le ciel une nouvelle fois. L'averse est légère, tiède encore.

Le toit à deux versants, en face d'elle, reçoit la pluie. C'est à son faîte, autour d'une cheminée carrée, sur l'arête qui sépare les deux versants, que se trouve cette chose dont la forme reste identique à elle-même depuis dix heures et demie, lorsque Maria l'a vue à la faveur d'un éclair. Cette chose est enveloppée de noir. Il pleut sur elle comme sur le toit. Puis cela cesse. Et la forme est là. Elle épouse si parfaitement la forme de la cheminée que l'on doute parfois, à la regarder longtemps, qu'elle soit humaine. C'est peut-être du ciment, se dit-on, un étayage de la cheminée, noirci par le temps. Et dans le même temps, lorsqu'un éclair illumine le toit, c'est une forme d'homme.

— Quel mauvais temps, dit Maria. Elle a parlé comme si elle l'eût dit à Pierre. Puis elle attend.

La forme reste identique à elle-même. Une chance dans une vie entière que ce soit l'homme. Les policiers passent dans la rue, silencieux, fatigués, dans le clapotement de leurs bottes. Ils sont passés.

Maria cette fois appelle.

— Rodrigo Paestra.

La seule supposition qu'il puisse répondre, bouger, sortir de cette pose inhumaine fait déborder l'imagination de joie.

— Hé, appelle Maria. Elle fait un geste dans la direction du toit.

Rien n'a bougé. Le sommeil quitte Maria peu à peu. Il lui reste l'envie d'alcool. Elle se souvient, dans la voiture il y a une bouteille de cognac. Tout

58

à l'heure, lorsqu'elle en parlait à Pierre, cette envie d'alcool était légère, elle l'effleurait à peine, maintenant elle devient très violente. Elle regarde dans le couloir, au-delà du couloir, si une lumière quelconque dans la salle de restaurant pourrait lui donner un espoir de boire. Non. Si elle le demandait à Pierre, il le ferait. Ce soir, il le ferait, il irait réveiller un garçon de l'hôtel. Elle ne le fera pas, elle ne réveillera pas Pierre. « Tu sais, Maria, je t'aime. » Il dort près de Claire du moment qu'elle a quitté le couloir. Qu'il dorme donc près de Claire. Qu'il dorme, qu'il dorme. Si c'était Rodrigo Paestra, justement cette nuit, quelle chance pour Maria. Quel divertissement à cet ennui. Cette fois-ci, il s'agit de Claire.

— Hé là, crie de nouveau Maria.

Il faut attendre. Pourquoi serait-ce un homme cette forme ? C'est envisageable une fois dans une existence entière que ce soit lui, un homme. Mais c'est envisageable. Pourquoi se refuser, ce soir, à cette supposition ?

— Hé, crie de nouveau Maria.

Voici les policiers au pas lent et mou, qui s'approchent de l'aurore. Maria se tait. Serait-ce Rodrigo Paestra ? Moins de chances encore que l'amour, mais cependant, quelques chances. Il est dans les choses possibles que ce soit lui. Du moment que c'est elle, Maria. Il est dans les choses possibles qu'il soit justement tombé sur elle, Maria, et ce soir. La preuve n'en est-elle pas, là, sous les yeux ? La preuve en est pressante. Maria vient d'inventer que c'est Rodrigo Paestra. Personne d'autre ne le sait que celle-ci qui est à onze mètres de lui, de cet homme si recherché dans la ville, l'assassin de l'orage, ce trésor, ce monument de douleur.

La pluie, mollement, de nouveau tombe sur lui. Sur le reste aussi, les autres toits, le blé, les rues. La forme n'a pas bougé. Elle attend d'être prise, la mort pour l'aube du prochain jour. A l'aube, peu à peu, les toits s'éclaireront. Lorsque l'orage aura quitté ces champs de blé et ce pays, elle sera rose.

— Rodrigo Paestra, Rodrigo Paestra, appelle Maria.

Il veut mourir alors ? Voici les polices. Respectueuses du sommeil des habitants de la ville, elles tournent en rond sans parler, sans s'appeler, sûres d'elles. Elles ont tourné dans le marécage des rues, à droite, et leur pas s'écrase sans écho. Maria appelle un peu plus fort.

— Répondez, Rodrigo Paestra. Répondez-moi.

Elle est contre la rampe en fer du balcon. La rampe bat. C'est le cœur de Maria. Il n'a pas répondu. L'espoir s'amincit, devient minuscule et disparaît. Elle le saura à l'aurore si c'est lui. Mais alors ce sera trop tard.

— Je vous en supplie, Rodrigo Paestra, répondez-moi.

Ce n'est pas lui ? Rien n'est sûr. Sauf que Maria le veut.

On a toussé dans le couloir. On a remué. Pierre. Ah oui.

Dans les deux jours qui viennent Pierre et Claire se rejoindront. Ils se consacreront à ce labeur. Ils doivent trouver où le faire. Ce qui s'ensuivra est encore inconnu, imprévisible, un gouffre de durée.

Une durée encore ignorée d'eux-mêmes, et de Maria, qui déjà, par-delà les orages, s'étend. Madrid en serait le départ. Demain.

Quels mots trouver ? Lesquels ?

— Rodrigo Paestra, ayez confiance en moi.

Il est une heure déjà, du matin. Dans deux heures Rodrigo Paestra va être fait comme un rat si rien ne se produit d'autre que le passage du temps jusqu'à l'aurore.

Maria penchée par-delà le balcon contemple l'homme. Au-dessus de lui le ciel est clair. La pluie doit cesser maintenant, elle le doit. Du bleu et des lunes apparaissent, il semblerait, dans un ciel vaste et léger. Rien ne bouge, rien, autour de la cheminée. La pluie déjà tombée, descend, murmurante de la forme aussi bien que des toits. Le feu, aussi bien, la brûlerait. Il ne se rendra pas à l'aurore. Il est sûr qu'il attend d'être écrasé par les viseurs patentés de la ville, à cette place dernière.

Maria, le corps hors du balcon, se met à chanter. Très bas. Un air de cet été-là, qu'il doit connaître, qu'il a dû danser avec sa femme les soirs de bal.

Maria s'arrête de chanter. Elle attend. Oui, le temps est redevenu beau. L'orage est devenu lointain. L'aurore sera belle. Rose. Rodrigo Paestra ne veut pas vivre. La chanson n'a rien modifié dans sa forme. Dans cette forme devenue de moins en moins identifiable à aucun autre objet qu'à lui-même. Forme souple, longue, ce qu'il faut pour être humaine, sans angles, et avec, au bout, cette petitesse de la tête, cette rondeur soudaine, surgie de la masse du corps. Un homme.

Maria se plaint longuement dans la nuit. On

croit rêver. La forme n'a pas bougé. On croit rêver qu'elle ne bouge pas du moment qu'il s'agit de Rodrigo Paestra. Maria se plaint de son sort, à la forme.

La ville devient abstraite comme une prison. Plus d'odeur de blé. Il a trop plu. Il est trop tard. On ne peut plus parler de la nuit. Mais de quoi alors, de quoi ?

— Ah, ah, je vous en supplie, je vous en supplie, Rodrigo Paestra.

Elle le donnerait pour une gorgée de cognac qu'elle ne va pas chercher. Peut-être pouvons-nous faire quelque chose, Rodrigo Paestra. Rodrigo Paestra, dans deux heures il fera jour.

Elle dit maintenant des mots qui ne signifient rien. La difficulté est énorme. Elle l'appelle, appelle cette animalité de la douleur.

— Hé là, hé là.

Sans fin, avec douceur comme elle ferait d'une bête. Toujours plus fort. Elle a fermé derrière elle les fenêtres du balcon. Quelqu'un a grogné puis s'est rendormi.

Et de la police arrive. La voici. Elle vient d'arriver, celle-là, sans doute elle est fraîche, elle parle. Elle bavarde plus que la précédente. Les renforts pour l'aurore. Le bruit en courait à l'hôtel qu'ils allaient arriver. Ils parlent du temps. Maria, penchée au-dessus de la rampe du balcon, les voit. L'un d'eux lève les yeux, regarde le ciel, ne voit pas Maria, et dit que l'orage s'est décidément vidé complètement dans la région. Sur la place, au loin, une lueur apparaît. Le camion qui apportait les renforts ? ou un café que l'on fait ouvrir cette nuit, déjà, en raison de l'événement criminel et pour que les polices y puissent boire, s'y restaurer en attendant d'encercler la ville avec l'aurore ? On parlait de trente hommes arrivés en renfort dans l'hôtel. De ses cheveux mouillés, la pluie ruisselle des cheveux de Maria, en sueur. La patrouille est passée.

— Eh là, eh, appelle encore Maria comme elle ferait d'une bête.

La lune disparaît derrière un nuage mais il ne va plus pleuvoir. Il n'a rien répondu. Il est une heure et quart. Elle est privée de le voir pendant que passe le nuage dans le ciel. Puis le ciel se redécouvre de ce nuage. Il n'a pas plu. Le voici qui réapparaît autour de la cheminée, toujours immobile, immuable, là pour l'éternité.

— Vous êtes un imbécile, crie Maria.

Personne ne s'est réveillé dans la ville. Rien ne se produit. La forme est restée drapée dans son imbécillité. Dans l'hôtel rien n'a bougé. Mais une fenêtre s'est éclairée dans la maison qui touche à l'hôtel. Maria se recule légèrement. Il faut attendre. La fenêtre s'éteint. Il ne faut plus crier. Le cri venait de l'hôtel, d'un touriste. Donc, les gens se rendorment. Un calme mortel recommence. Et dans ce calme, Maria insulte encore.

— Imbécile, imbécile, dit-elle, bas, sage désormais.

Voici encore la patrouille. Maria n'insulte plus. La patrouille est passée. Ils parlaient de leur famille, de salaire. Si Maria avait une arme elle tirerait sur la forme. Afin que ce soit fait. La blouse de Maria est collée à ses épaules par une pluie qui ne sèche plus. Il faut attendre l'aurore et la mort de Rodrigo Paestra.

Elle n'appelle plus. Il le sait. Elle a ouvert de nouveau la porte du couloir. Elle voit, elle les voit, les autres, dormir, dans une cruelle séparation. Elle les regarde longuement. Ce n'est pas encore fait, cet amour. Quelle patience, quelle patience, elle ne quitte pas le balcon. Il le sait, Rodrigo Paestra, qu'elle est là. Il repire encore, il dure encore dans cette nuit finissante. Il est là, en place, géographiquement réuni à elle.

Un miracle climatique se produit comme souvent l'été. L'horizon s'est désembrumé puis, peu à peu, tout le ciel. L'orage s'est dissous. Il n'existe plus. Des étoiles, oui, dans le ciel d'avant l'aurore. C'est long. Les étoiles donneraient à pleurer.

Maria n'appelle plus. Elle n'insulte plus non plus. Depuis qu'elle l'a insulté elle ne l'a plus appelé. Mais elle reste sur ce balcon, les yeux fixés sur lui, sur cette forme réduite à l'imbécillité animale de l'épouvante. Sa propre forme à elle, Maria, aussi bien.

Un quart d'heure se passe qui diminue d'autant la durée qui mène vers une aurore verte, celle qui commencera par fouiner dans les blés et qui arrivera à balayer ce toit, là, en face, et le découvrira aux yeux des autres qu'elle, dans son horreur entière. Non, Maria n'appelle plus. Le moment vieillit, s'enterre. Elle n'appellera plus, Maria. Jamais plus.

La nuit se poursuit à une allure vertigineuse, brûlant les calmes étapes de son cours.

Sans relais d'événements. Aucun autre que celui de l'amère durée de l'échec. Maria reconnaît.

Une chance reste. C'est qu'à travers son linceul, il puisse voir qu'elle est encore là, à son poste, qu'elle l'attend. Et qu'à son tour il croie devoir faire preuve d'une amabilité dernière, lui faire signe. Une chance qu'il se souvienne que le temps passe tandis qu'elle attend dans l'inconfort, sur ce balcon, et que peut-être elle y restera jusqu'à l'aurore. Une chance pour que, à cause d'elle, il sorte un court instant de l'ingénuité du désespoir, qu'il se souvienne de certaines données générales de la conduite humaine, de la guerre, de la fuite, de la haine. Du relais de l'aurore rose sur son pays. Des raisons communes d'exister, à la longue, à la fin, même après la disparition de ces raisons.

Une lumière bleue tombe du ciel maintenant. Ce n'est pas possible qu'il ne voie pas cette forme de femme tendue vers lui — comme aucune autre jamais — sur le balcon de l'hôtel. Même s'il veut mourir. Même s'il se veut ce sort particulier, une dernière fois, lui répondre serait possible.

Encore les polices de l'enfer. Elles sont passées. Puis c'est le silence. Derrière Maria, la lumière bleue du ciel est telle, que le couloir se voit où dorment Claire et Pierre, éloignés. Une différence indicible, celle du sommeil, les sépare encore pour quelques heures. Demain, l'amour se fera à l'hôtel, à Madrid, inouï, hurlant. Ah, Claire. Toi.

Le temps qu'elle se retourne, a-t-il désespéré de la revoir?

Du linceul noir quelque chose est sorti. Une blancheur. Un visage? ou une main?

65

C'était bien lui, Rodrigo Paestra.

Ils sont face à face. C'est un visage.

Le renouveau du temps s'affirme. Ils sont face à face et se regardent.

Dans la rue, en bas, tout à coup, bavarde, joyeuse déjà de l'humeur matinale de la mise à mort, passe la police.

Maria est devenue la proie du bonheur. Ils s'enhardissent. Pendant que la police passe ils se regardent encore. L'attente éclate enfin, délivrée. De tous les points du ciel, de toutes les rues et de ceux-là couchés. Rien qu'au ciel, elle l'eût deviné, Maria, que c'était Rodrigo Paestra. Il est maintenant une heure cinquante du matin. A une heure et demie de sa mort, Rodrigo Paestra a consenti à la voir.

Maria lève la main en signe de salut. Elle attend. Une main, lente, lente, sort du linceul, se lève et fait signe à son tour, d'intelligence commune. Puis les deux mains retombent.

L'horizon est parfaitement nettoyé par l'orage, enfin. Comme une lame il coupe le blé. Un vent tiède se lève qui commence à assécher les rues. Il fait beau, comme il ferait beau le jour, lumineusement. La nuit est entière, encore. Des solutions sont peut-être possibles à l'incertitude de la conscience. On pourrait le croire.

Maria, sereinement, lève la main, encore. Il répond, encore. Ah quelle merveille. Elle a levé la main pour lui signifier qu'il doit attendre. Attendez, disait sa main. A-t-il compris ? Il a compris. La tête est tout entière sortie de son linceul noir, blanche comme une dragée. Ils sont à onze mètres

66

l'un de l'autre? A-t-il compris, Rodrigo Paestra, qu'on lui veut du bien? Il a compris. Maria recommence, patiemment, raisonnablement. Attendez, attendez Rodrigo Paestra. Attendez encore un peu, je vais descendre, je vais venir vers vous. Qui sait, Rodrigo Paestra?

La patrouille arrive. Cette fois-là, Maria pénètre dans le couloir. La tête aussi a entendu et s'est recouverte de nouveau de son linceul. Mais ils ne peuvent rien voir, d'en bas. L'idée ne les traverserait pas. Ils ont reparlé de leur travail, de leur mauvais salaire, de la dureté de leur condition de policier. Comme la dernière ronde. Il faut attendre. C'est passé.

La tête, d'elle-même, est ressortie de son linceul, regarde vers le balcon où cette femme l'attend. Elle fait signe de nouveau qu'il faut attendre. La tête s'incline. Oui, il a compris qu'il fallait attendre, qu'elle va descendre, venir vers lui.

Tous dorment dans le couloir. Maria enlève ses souliers pour passer parmi les corps endormis. La petite fille est là, dans une pose d'un bienheureux repos, sur le dos. Il y a Claire aussi, endormie. Et Pierre. A deux pas d'elle, voulu par Claire mais l'ignorant. Claire, ce fruit si beau de la lente dégradation de leur amour.

Maria a dépassé le couloir. Elle tient ses chaussures à la main. De la verrière la clarté de la nuit descend sur les tables et bleuit les nappes, l'air qui est là. Les tables sont à moitié desservies. Sur les banquettes il y a des corps allongés : les serveurs ont dû donner leurs chambres aux touristes. Tout le personnel dort encore.

Maria traverse de nouveau ce sommeil. C'est l'été. Le personnel est exténué. Les portes vers la cour ont dû rester ouvertes. Il s'agit d'un crime passionnel, d'un criminel d'occasion. Pourquoi aurait-on fermé les portes ? A droite il y a le bureau de la directrice de l'hôtel, celui où Claire et Pierre, hier soir, ont été enfin seuls, sans elle un long moment. Le bureau est dans l'ombre. Maria regarde par la vitre. Personne n'y dort. Si Maria veut sortir par ce côté-là de l'hôtel il lui faut traverser un petit couloir vitré attenant au couloir.

La porte de ce couloir est fermée.

Maria essaye encore. La sueur lui picore la tête. La porte est fermée. Vers la rue, il n'y a pas d'autre issue que l'escalier qui donne sur ce couloir. Restent les issues des offices.

Maria retraverse la salle à manger. Des portes sont au fond. L'une d'entre elles est ouverte. Ce sont les cuisines. D'abord un office. Puis, toute en longueur, une immense cuisine. Un désordre extraordinaire règne. Il est visible parce qu'une grande baie l'éclaire plus intensément encore que la salle à manger. Serait-ce l'aurore ? Il est impossible que ce soit l'aurore. Maria regarde par la baie. C'est une lampe de la cour où sont garées les autos. La chaleur des fours règne encore ici, poisseuse, lourde, qui porte à la nausée.

Au milieu de la cuisine, presque à la sortie, un jeune homme dort sur un lit de camp.

Une porte est restée ouverte au fond, dans un étranglement des murs, entre la baie et une armoire. Elle est ouverte. Maria la tire vers elle. Le jeune homme se retourne et grogne. Puis il se tait et

Maria ouvre la porte. La porte donnait sur un escalier en colimaçon. Rodrigo Paestra s'est-il maintenu dans le même espoir ? Les marches sont en bois. Elles craquent sous les pas de Maria. Là il fait une chaleur égale à celle du jour. La sueur ruisselle des cheveux de Maria. Deux étages. Cet escalier dure deux étages et il est complètement dans l'obscurité.

La porte vitrée est ouverte. Elle donne sur les garages, la cour intérieure de l'hôtel. Maria n'y avait pas pensé. Mais un homme doit veiller là aussi. Il ne peut pas avoir entendu Maria appeler Rodrigo Paestra. La cour est loin de la rue. Ou il n'y a personne. Et dans ce cas le portail doit être fermé à clef. Maria regarde sa montre. Il est deux heures cinq du matin. C'est Pierre qui a rentré l'auto au garage. Maria ne sait pas où elle se trouve. Elle sort. La cour apparaît sableuse, blonde. Les autos sont au fond, nombreuses, sous un hangar, dans l'ombre.

Maria se tient près de la porte. Elle la referme. La porte crie doucement une plainte aiguë que personne, il semblerait, n'entend. Personne ? Il faut attendre. Non, il semblerait que personne n'a entendu la plainte de la porte.

Entre cette porte et le hangar, la cour est vide, grande et vide. Il faut traverser cet espace. Un quart de lune est au ciel, qui éclaire la cour. L'ombre d'un toit est dans cette cour, en son milieu. Le toit de la dernière maison de la ville, avant les champs de blé. Oui, la lumière qui passait par la baie de la cuisine venait d'une lampe-tempête accrochée au hangar, très haut, et

69

qui danse dans le vent léger de la nuit. Les autos brillent. Un homme honnête doit veiller sur ces autos. Où ?

Au moment où Maria se décide à traverser la cour, la police passe dans la rue qui se trouve derrière le portail de cette cour. Ils viennent directement de l'autre rue, celle où se trouve Rodrigo Paestra. Maria reconnaît leur pas mou dans la boue de la rue : la dernière avant le blé. Ils parlent encore. Elle regarde sa montre. Et trouve que treize minutes ont passé depuis qu'elle a quitté le balcon, donc depuis le passage de la dernière patrouille. Elle a remis ses souliers avant la porte vitrée de l'escalier. Elle continue à traverser la cour. Et elle arrive sous le hangar. Déjà, la patrouille s'éloigne.

Le mieux est sans doute de faire du bruit. Voici la Rover noire. Maria ouvre la portière. Puis elle attend. Une odeur familière sort de la Rover : celle de Claire. Maria referme la portière bruyamment.

Quelqu'un tousse dans le fond du hangar. Puis quelqu'un demande ce qu'il y a. Maria ouvre de nouveau la portière, la laisse ouverte, et se dirige vers la voix.

L'homme n'a pas bougé de place. Il est à moitié relevé, sur une chaise longue, contre la cloison, dans l'angle du hangar qui est le plus éloigné du portail.

— Je suis une cliente de l'hôtel, dit Maria. Je cherchais la petite Rover noire.

Elle prend des cigarettes dans la poche de sa jupe. Elle lui en offre une, la lui allume. C'est un homme d'une trentaine d'années. Il prend la cigarette d'un geste lent. Il devait dormir. Il a sur lui la même couverture que Rodrigo Paestra, brune.

— Vous partez déjà pour Madrid ?

Il s'étonne. Maria montre le ciel.

— Non, dit-elle. Il fait si beau. Je ne peux pas dormir dans ces couloirs de l'hôtel. Je vais me promener.

L'homme se relève tout à fait. Il se tient debout devant elle. Elle lui sourit. Il y a encore des hommes qui la regardent. Ils fument tous les deux et se voient bien à la lueur de la cigarette.

— Je vous ai dérangé, je m'excuse. Mais c'est pour le portail.

— Ça ne fait rien. Ce n'est pas fermé à clef. Tous les étés, c'est pareil.

Il se secoue un peu. Parle du temps, de la fraîcheur qui, chaque nuit, arrive, vers cette heure-là.

— Vous devriez vous recoucher, dit Maria. Je refermerai le portail.

Il se recouche, la regarde encore. Et tandis qu'elle s'éloigne, tout à coup il s'enhardit.

— Vous vous promenez seule comme ça ? Je peux venir si vous voulez. Si vous n'êtes pas trop longue. Il rit.

Maria rit aussi. Elle entend son rire dans la cour vide. L'homme n'insiste pas.

Maria prend son temps. Elle abaisse la capote, la fixe. L'homme l'entend. Il crie doucement, déjà ensommeillé.

— L'orage est fini, dit-il. Demain il fera beau.

— Merci, dit Maria.

Elle monte dans la Rover, fait une marche arrière et arrive devant le portail tous phares éteints. Elle traîne. Il faut attendre la prochaine patrouille qui doit passer dans deux minutes. On peut lire l'heure.

La voici. La patrouille s'arrête devant le portail, se tait, et repart. Des touristes, doivent-ils penser, qui rejoignent Madrid dans la nuit afin de profiter de la fraîcheur.

Lorsque Maria ouvre le portail la patrouille a disparu de la rue. Il faut descendre encore de la Rover, mais cette fois, très vite. Maria le fait, puis elle ferme le portail. Toujours cette chaleur dans les cheveux. Pourquoi cette épouvante ? Pourquoi ?

Une fois, l'eau d'un lac avait le calme de cette nuit-là. Le temps était ensoleillé. Maria se souvient de l'ensoleillement des eaux du lac et, tout à coup, dans la barque, à travers le calme de ces eaux, les profondeurs du lac s'ensoleillèrent à leur tour. L'eau était pure. Des formes apparurent. Habituelles, certes, mais violées par le soleil.

Pierre était dans la barque en compagnie de Maria.

Maria remonte dans la Rover. Le gardien ne l'a pas suivie. Elle regarde l'heure. Dans moins d'une heure et demie, ce sera l'aurore. Maria prend la bouteille de cognac, boit. La gorgée est longue, énorme. Elle brûle tant qu'il faut fermer les yeux de plaisir.

V

Elle est obligée de s'engager dans la rue que la patrouille vient de quitter. C'est au bout de celle-ci que leur chemin va différer. Eux partiront vers la droite, dans la dernière rue de la ville, qui borde les champs de blé. Elle, elle obliquera vers la place principale, parallèlement à la façade de l'hôtel. Du balcon elle a pu voir clairement la configuration de la ville. La chose est possible. Deux rues perpendiculaires bordent le toit où se tient Rodrigo Paestra.

Elle démarre très doucement jusqu'au tournant, à quelques mètres du portail. Ensuite il lui faut augmenter de vitesse. Il ne reste plus que dix minutes avant l'arrivée de la prochaine patrouille. A moins que ses calculs soient faux. S'ils le sont, il est probable que Maria donnera Rodrigo Paestra à la police de la ville deux heures avant l'aurore.

La Rover fait un bruit très sourd mais qui éventuellement devrait recouvrir celui des pas de la patrouille adouci par la boue. Il faut quand même avancer. Voici l'angle des deux rues à partir duquel on voit ces rues dans leur perspective. Elle sont désertes encore. Dans une heure, seulement, des gens se lèveront pour aller dans les champs. Mais ces gens dorment encore.

Le bruit du moteur ne réveille personne en effet, à cette heure-là de la nuit.

Maria ne descend pas de la Rover. L'entend-il ? Elle chante tout bas.

De là où elle est, elle ne le voit pas. Elle ne voit que le ciel et, sur le ciel, le volume parfaitement délimité de la cheminée. Le versant du toit qui donne sur la rue où se trouve Maria est dans l'ombre de la nuit.

Elle continue à chanter cette chanson qu'elle chantait tout à l'heure lorsqu'elle désespérait de son existence. Et tout en descendant de la Rover elle continue à la chanter. Elle ouvre la portière arrière, range les objets divers que Judith récolte partout au cours de leurs haltes et qu'elle laisse, abandonnés, sur la banquette arrière. Il y a aussi des journaux. Une veste de Pierre. Une écharpe de Claire, même son écharpe, là. Des journaux, des journaux.

Il doit rester huit minutes avant le passage de la patrouille.

Une ombre brise l'arête si pure des toits sur le ciel devenu clair. C'est lui. Il a contourné la cheminée. Maria chante toujours. Sa voix s'agrippe dans sa gorge. On peut toujours chanter. Elle ne peut pas encore s'arrêter du moment qu'elle a commencé à chanter. Il est là.

Le vent chaud, semblerait-il, à recommencé à souffler dans la région. Il fait crier les palmiers de la place. Il est seul dans les rues désertes.

Il a contourné la cheminée, toujours enseveli

dans le linceul noir dans lequel elle le connut tout à l'heure. Il s'est mis à quatre pattes. Il devient une masse plus informe qu'à l'origine, monstrueusement inhabile. Laide. Il rampe sur les tuiles tandis que chante Maria.

Il doit rester six minutes avant le passage de la police.

Il ne doit pas avoir de souliers. Il ne fait aucun bruit sinon celui pareil à celui du vent lorsqu'il rencontre, dans sa course, les arbres, les maisons, les angles des rues.

Il est lent. Sait-il qu'il reste aussi peu de temps ? Le sait-il ? Ses jambes, ankylosées par une longue attente, sont malhabiles. Il a son visage à découvert et tout son corps, énorme, sur le faîte du toit, s'étale comme, à l'étal, une bête de boucherie. Maria, des deux mains, tout en chantant, lui fait signe de rouler sur lui-même, le long de la pente du toit. Et puis elle montre la Rover. Lui montre qu'il doit, au bout de sa course, tomber dans la Rover. Elle chante plus vite, plus vite encore, toujours plus bas. Le mur est aveugle sur vingt mètres de ce côté-ci de la ville. Personne n'entend Maria.

Il le fait. Il s'est mis en position de le faire, les jambes relevées d'abord et qui retombent ensuite, et il le fait. De nouveau son visage a disparu dans le linceul noir et une masse de chiffons usés par le temps, couleur indéfinissable de la suie, s'avance vers Maria.

Toujours personne dans les rues. Il roule maintenant avec adresse, dans le souci de ne pas faire crier les tuiles du toit. Maria augmente le bruit de son moteur. Elle chante encore, ne s'apercevant

77

pas qu'elle chante pour rien. Il est là, il vient, il arrive. Elle chante.

Il a fait un mètre. Elle chante toujours, toujours la même chanson. Très bas. Un autre mètre vient de se faire. Il a fait trois mètres. Dans la rue, il n'y a toujours personne, même pas ce gardien de nuit qui sans doute s'est rendormi.

Une patrouille a dû partir de la place en direction de l'hôtel Principal, vers le nord de la ville. C'est leur parcours. Des voix partent de là-bas, hautes d'abord puis qui s'assourdissent. Il doit maintenant rester quatre minutes avant que ces voix éclatent au bout de la rue qui longe l'hôtel. Il ne reste qu'un mètre à faire à Rodrigo Paestra vers Maria.

Au moment où elle croit que ses calculs sont faux parce que, avant l'écoulement de ces quatres minutes, en écho, des pas se font déjà entendre qui vont déboucher dans cette rue qui longe les balcons de l'hôtel, au moment où elle croit qu'elle entend mal, que ce n'est pas possible, Rodrigo Paestro le croit aussi sans doute parce qu'il franchit le mètre de toit qui lui reste pour tomber dans la Rover dans un roulement plus rapide, plus souple, dans un bond de tout le corps. Il s'est élancé. Il est retombé dans la Rover. Une masse de linge, molle, noire, est tombée dans la Rover.

C'est fait. Au moment où Maria démarre, sans doute la patrouille tourne-t-elle la rue. Il est tombé sur la banquette. Et il a dû continuer à rouler encore au bas de la banquette. Rien ne bouge. Il doit être là, contre elle, sur le tapis de sol, enroulé dans sa couverture.

Une fenêtre s'est allumée. On a crié.

Des coups de sifflets fusent dans toute la ville, se relayant sans arrêt. Maria va arriver sur la place principale. Lorsqu'il est tombé du toit la gouttière a cédé sous son poids et elle a fait un bruit de catastrophe, un vacarme obscène. Une fenêtre s'est allumée? Oui. Deux, trois fenêtres s'allument. Les choses crient, les portes de nuit.

Est-ce le vent chaud qui vient de se lever? Est-ce Rodrigo Paestra? Les coups de sifflets continuent. C'est la patrouille qui longeait l'hôtel qui a donné l'alarme. Mais celle-ci n'a pas vu la Rover qui a démarré à cinquante mètres d'elle, dans une autre rue. Le vent a emporté son bruit vers les champs. Ces carrés de lumière sur la campagne, sont bien des fenêtres. La panne d'électricité dure toujours et elles sont longues à s'allumer. Maria se retrouve, après un tournant, à une centaine de mètres de l'endroit où la police doit maintenant fouiller les toits.

Une patrouille arrive vers elle au pas de course. Elle s'arrête. La patrouille ralentit le pas devant elle, scrute l'auto vide et repart. Elle s'arrête plus loin, devant une fenêtre, et appelle. On ne répond pas. La patrouille gagne le bout de la rue.

Il faut ralentir l'allure. Pourquoi la Rover aurait-elle été postée là même où la gouttière vibre encore brisée, dans le vent? La Rover noire est à une cliente de l'hôtel, libre, seule, désemparée par cette mauvaise nuit. De quoi Maria aurait-elle peur?

Elle n'a plus peur? La peur a disparu presque tout à fait. Il ne reste d'elle que le souvenir frais, mûri à l'instant, en pleine floraison, de ce qu'elle fut. Moins d'une minute s'est passée. La peur devient aussi inimaginable que l'adolescence confuse du cœur.

Il faut que Maria en passe par la place. Elle le fait. Elle sait maintenant que derrière elle, rien ne peut se voir de Rodrigo Paestra. La banquette est vide. Il est impossible de sortir de la ville sans en passer par là, cette place de laquelle partent les deux sorties de la ville, l'une vers Madrid, l'autre vers la France, Barcelone.

Une auto, une seule, il faut bien que cela commence, à cette heure-là de la nuit, roule vers Madrid. Le premier touriste, dira-t-on.

Une vingtaine d'agents sont arrêtés face au café où la veille Maria a pris des manzanillas. Ils écoutent les coups de sifflets, répondent, attendent l'ordre d'arriver. L'un d'eux arrête Maria.

— Où allez-vous ?

Il regarde l'auto vide, se rassure, lui sourit.

— Je suis une cliente de l'hôtel. Nous n'avons pas de chambre et je ne peux pas dormir — elle ajoute — avec tout ce bruit que vous faites. Je vais me promener. Qu'est-ce qui se passe ?

La croit-il ? Oui, il la regarde avec soin puis son regard la quitte et indique la direction de l'hôtel, au loin. Il lui explique.

— On a dû trouver Rodrigo Paestra sur les toits, mais ce n'est pas sûr.

Maria se retourne. Des torches électriques balaient les toits qui doivent être les derniers avant l'hôtel. L'agent n'ajoute rien.

Elle démarre doucement. La route de Madrid

est en face d'elle. Il faut contourner le massif de palmiers nains. Elle se souvient très précisément que c'est là, la route de Madrid. Aucun doute n'est possible.

Le mécanisme de l'auto fonctionne. La Rover noire de Claire démarre puis avance dans la direction voulue par Maria, celle de Madrid. C'est Maria qui est au volant et qui, avec douceur et attention, contourne la place. Les coups de sifflets continuent dans la partie de la ville où la gouttière crie encore. Un chacal. Le jeune agent regarde Maria s'éloigner, perplexe et souriant. Elle tourne autour de lui, autour de la place. Lui sourit-elle ? Elle ne le aura jamais. Elle s'engage dans la grande rue qui continue, vers l'ouest, celle de l'hôtel. Elle n'a pas regardé si des balcons s'étaient allumés qui donnaient sur des couloirs connus d'elle.

C'est la route de Madrid. La plus grande de l'Espagne. Monumentale, droite, elle avance.

La ville dure encore, certes. Et une patrouille, deux patrouilles, bredouilles, se rencontrent et regardent la Rover noire d'immatriculation étrangère qui, si tôt, ce jour, prend la direction de Madrid. Mais l'orage de la veille, et cette jeunesse soudaine de la nuit, font que certains d'entre eux sourient.

L'un d'eux a appelé la femme seule qui conduisait.

Il y a deux garages. Et ensuite une sorte d'atelier, assez grand, et isolé. Et puis des maisons très petites. Maria ne sait plus l'heure qu'il est. Il est n'importe quelle heure avant l'aurore. Mais l'aurore n'est pas là. Il faut le temps habituel qu'il lui faut pour venir. Elle n'est pas là encore.

Après les maisons, les cabanes, il y a le blé. Et rien d'autre que ce blé sous la lumière bleue. Bleu est le blé. Il est long à passer. Maria conduit lentement, mais elle avance cependant. Lorsqu'un tournant arrive, à un moment donné de la nuit, il y a une pancarte très visible sous les phares, et elle s'aperçoit qu'elle est à quatorze kilomètres de la ville qu'elle vient de quitter, celle de Rodrigo Paestra.

Elle continue jusqu'à un chemin de terre, sombre, dans le blé clair. Elle le prend, le poursuit pendant cinq cents mètres et s'arrête. De part et d'autre de ce chemin il y a le même blé qu'un moment avant, et la nuit est aussi entière. Aucun village n'est en vue aussi loin que l'on regarde. Et le silence est total aussitôt que Maria éteint le moteur.

Lorsque Maria se retourne, Rodrigo Paestra est en train de sortir de son linceul.

Il s'est assis sur la banquette et il regarde autour de lui. Son visage est imprécis dans la lumière bleue de la nuit.

S'il y a des oiseaux dans cette plaine ils doivent dormir encore dans l'argile détrempée, entre les pieds de blé.

Maria prend des cigarettes dans sa poche. Elle en prend une et la lui tend. Il se jette sur la cigarette et c'est lorsqu'elle la lui allume qu'elle s'aperçoit que Rodrigo Paestra tremble de froid. Il fume la cigarette des deux mains pour ne pas la lâcher. Il fait froid, les nuits d'orage, en Espagne, une heure avant l'aurore.

Il fume.

Il n'a pas regardé cette femme.

Elle, le regarde. Rodrigo Paestra est le nom. Tout en regardant le blé, elle le voit.

Ses cheveux sont collés à son crâne. Ses vêtements sont faits à son corps comme des vêtements de noyé. Il doit être grand et robuste. Peut-être a-t-il trente ans ? Il fume toujours. Que regarde-t-il ? C'est la cigarette qu'il regarde. Sans doute, lorsqu'il la regarde, on le voit, ses yeux sont-ils noirs.

Maria déplie le plaid qui est à côté d'elle et le lui tend. Il le prend et le pose sur la banquette. Il n'a pas compris. Il fume de nouveau. Puis il regarde de part et d'autre de l'auto. C'est lui qui parle le premier.

— Où c'est, ici ?

— C'est la route de Madrid.

Il ne dit rien d'autre. Maria non plus. Elle se retourne vers l'avant. Ils fument tous les deux. C'est lui qui a fini le premier. Elle lui en donne une autre. Il tremble toujours. A la lueur de l'allumette, son expression est nulle, réduite à l'attention qu'il met à ne pas trembler.

— Où vous voulez aller ? demande Maria.

Il ne répond pas tout de suite. Sans doute la regarde-t-il pour la première fois, de très loin, sans aucun intérêt. Tout de même, c'était un regard qu'il posait. Maria ne voit pas ses yeux, mais son regard, elle l'a vu aussi clairement qu'en pleine lumière.

— Je ne sais pas, dit Rodrigo Paestra.

83

Maria se retourne de nouveau vers l'avant. Puis, elle n'y tient pas et se retourne encore vers lui. Elle désire intensément le regarder. L'expression hagarde qu'il avait lorsqu'il a posé les yeux sur elle a disparu. Il ne reste rien que l'œil. Et, sur l'œil, se soulève machinalement la paupière lorsqu'il porte la cigarette à la bouche. Rien. Rodrigo Paestra n'a plus la force que de fumer. Pourquoi a-t-il suivi Maria jusque-là ? En raison, sans doute, d'une amabilité, d'une politesse dernière. On vous appelle et on répond. Rodrigo Paestra, qu'est-il désormais ? Maria le dévore du regard, dévore du regard ce prodige tangible, cette fleur noire poussée cette nuit dans les désordres de l'amour.

Il lui a fait éclater la tête d'un coup de revolver. Et son amour repose, morte, à dix-neuf ans, encore nue, enveloppée dans cette même couverture brune qu'il enroula autour de lui sur le toit, dans une morgue improvisée à la mairie. Lui, l'autre, la balle lui a traversé le cœur. On les a séparés.

— Quelle heure est-il ? demande Rodrigo Paestra.

Maria montre sa montre qu'il ne regarde pas.

— Un peu plus de deux heures et demie.

Les yeux regardent de nouveau les champs de blé. Il s'est adossé à la banquette et il semble que, dans le silence, Maria ait entendu un soupir d'homme. Et puis le silence est revenu. Et puis est revenu aussi le passage du temps avant l'aurore. Interminable.

Il fait froid. Le vent chaud qui soufflait tout à l'heure sur la ville a-t-il jamais existé ? Une bourrasque qui suivait l'orage et qui est passée. Les blés mûrs et houleux, torturés par les averses de la journée, sont immobiles.

Il fait un froid qui surgit tout à coup de l'immobilité même de l'air et qui assaille les épaules et les yeux.

Rodrigo Paestra a dû s'endormir. Sa tête repose sur le dossier de la banquette. Et sa bouche est entrouverte. Il dort.

Quelque chose change dans l'air que l'on respire, une pâleur court sur les blés. Combien de temps ? Depuis combien de temps dort-il ? Un assaut commence quelque part à l'horizon, incolore, inégal, impossible à limiter. Un assaut commence quelque part dans la tête et dans le corps une gêne grandissante irréductible au souvenir d'aucune autre, chercheuse de son ordre. Pourtant, pourtant, le ciel est pur et bleu si on le veut bien. Il l'est encore. Bien entendu qu'il ne s'agissait que d'une clarté accidentelle, d'une illusion parfaite d'un changement d'humeur et qui s'est produite sous le coup d'une complaisance soudaine, venue de loin, de fatigues diverses et de cette fatigue-ci, de cette nuit-ci. Peut-être ?

Non. C'est l'aurore.

Il dort. Il dort.

Il n'y a encore, dans l'aurore, aucune couleur nommée.

Rodrigo Paestra est en train de rêver. Il est à ce point de sommeil qu'il peut rêver. Maria a posé sa tête à l'envers de la sienne, le menton sur le dossier, et elle le regarde. Parfois le ciel, mais lui. Avec une grande attention — qu'est-ce à dire ? Elle regarde Rodrigo Paestra. Oui, là, il dort bien, il survole des

85

désordres entiers avec des ailes d'un oiseau. Ça se voit. Il est porté tout entier au-dessus de ses désordres, lui si lourd désormais et il y consent sans le savoir.

Maria se trouve privée du regard parfaitement vide de Rodrigo Paestra lorsqu'il dort.

Il vient de sourire dans le sommeil. Au-dessus de sa bouche entrouverte, elle le jurerait, un sourire s'est formé, frissonnant, ressemblant à s'y tromper à celui d'une aise à vivre. D'autres mots sont bannis de l'aurore.

Entre ses cuisses, à côté de son sexe, il y a la forme de son arme, un revolver. La couverture est à ses pieds. Le plaid, à côté de lui. Inutile de le recouvrir. D'ailleurs elle veut le voir tout entier et pour toujours. Elle le voit bien. Et que son sommeil est égal, et bon.

Il faut éviter de lever la tête vers le ciel.

Ce n'est pas la peine. C'est sur lui que l'aurore se lève. La lumière livide a gagné son corps dans son entier, peu à peu. Ce corps prend des proportions claires, évidentes. Il a de nouveau un nom : Rodrigo Paestra.

L'heure est atteinte maintenant où il aurait été fait comme un rat.

Maria s'étale, un peu à sa façon à lui, sur la banquette avant, et elle regarde l'aurore arriver sur lui.

Le souvenir d'un enfant, c'est fait, lui revient. Elle le chasse. Tandis qu'il rêve encore comme hier il rêvait.

Il faut attendre encore. Et puis, il faudra l'appeler.

Voici qu'il devient rose. Une fatigue étale gagne la campagne, et Maria. Le ciel, paisiblement, se colore. Elle a encore un peu de temps. Une auto passe en direction de Madrid, sur la route nationale. Maria regarde furtivement le ciel, de l'autre côté d'elle. Le rose qui est sur lui vient du ciel. L'heure des premiers départs est atteinte. L'auto pour Madrid venait sans aucun doute de l'hôtel. Dans un couloir encore assombri, dans un étirement douloureux qui suit une mauvaise nuit, Claire doit saluer le jour qui se lève sur leur amour. Et puis, elle se rendort.

Il dort. Maria se relève, prend dans la poche avant de la portière le flacon de cognac. L'alcool, à jeun, remonte dans la gorge, brûlant, familier, dans une nausée qui réveille. Le soleil. C'est le soleil ça, à l'horizon. Le froid diminue d'un seul coup. Les yeux font mal. Il y a presque une heure qu'il s'est endormi. Le soleil balaie son corps, entre dans sa bouche entrouverte, et ses vêtements commencent à fumer légèrement comme un feu mal éteint. Ses cheveux aussi fument. Fumées très ténues d'un feu délaissé. Il ne sent pas la lumière encore. A peine, ses yeux frémissent-ils. Mais ses paupières se scellent sur le sommeil. Il n'a plus souri.

Ne vaudrait-il pas mieux l'appeler très vite, le plus vite possible afin que cela soit fait ?

Maria reprend le flacon de cognac, boit, le remet dans la poche de la portière. Elle attend encore. Elle ne l'a pas encore fait. Elle n'a pas encore appelé Rodrigo Paestra.

Pourtant, pourtant, il vaudrait mieux que passe

le plus vite possible le moment de l'existence de Maria où Rodrigo Paestra se réveillera dans la Rover avec cette inconnue à ses côtés dans le chemin de blé. Sa mémoire va lui revenir — on peut le prévoir — quelques secondes après son réveil. Il restera interdit le temps de comprendre qu'il rêvait. Il faudrait que Maria se décide à réveiller Rodrigo Paestra.

Le soleil est à moitié sorti de l'horizon. Deux, six autos filent sur la route de Madrid. Maria reprend le flacon de cognac, elle boit une nouvelle gorgée. Cette fois-ci l'écœurement est tel qu'elle doit fermer les yeux. Alors, ensuite, elle commence à appeler doucement.

— Rodrigo Paestra.

Il n'a pas entendu. Les yeux ont frémi puis se sont scellés de plus près encore. L'écœurement du cognac subsiste. Il faudrait vomir. Maria ferme les yeux pour réussir à ne pas vomir et à ne pas le regarder.

— Rodrigo Paestra.

Elle a remis le flacon de cognac dans la poche de la portière, à tâtons, et elle a renfoncé sa tête derrière la banquette.

— Rodrigo Paestra.

Quelque chose a dû bouger à l'arrière. Puis rien ne s'est passé. Il ne s'est pas réveillé. Maria se redresse et, cette fois, elle le regarde.

— Rodrigo Paestra.

Les yeux ont cillé. L'écœurement du cognac étant passé, Maria recommence. Elle prend le flacon, boit encore. La gorgée est plus forte que la précédente. Peut-être peut-on s'évanouir ? Non.

Cela trouble seulement la vue, empêche de parler calmement, permet seulement de crier.

— Rodrigo Paestra, Rodrigo Paestra.

De nouveau Maria enfouit sa tête derrière le dossier de la banquette avant.

Ce doit être fait. Ça doit être le réveil. Un cri bas, un gémissement prolongé est parti de l'arrière de l'auto.

Lorsque Maria se retourne le premier moment du réveil est passé. Il est dressé sur la banquette et de ses yeux chassieux, injectés de sang, il regarde le blé, son pays de blé. S'étonne-t-il ? Oui, il s'étonne encore, mais à peine. Voici que ses yeux quittent le blé. Il est toujours assis, le torse dressé, et ne regarde plus rien. Il s'est souvenu de tout.

— Je dois retourner à l'hôtel.

Il se tait. Maria lui tend une cigarette. Il ne la voit pas. Elle tient la cigarette dans sa direction mais il ne la voit toujours pas. C'est Maria qu'il commence à regarder. Quand elle lui a dit qu'elle était dans l'obligation de rentrer à l'hôtel il a empoigné sa couverture brune et puis son geste s'est arrêté. Il a découvert l'existence de Maria. C'est sans doute aussi à partir d'elle qu'il s'est souvenu.

Elle évite de respirer trop profondément pour ne pas vomir. La dernière gorgée de cognac prise à l'aurore, sans doute, qui remonte dans la gorge comme un sanglot qu'il faut sans cesse retenir.

Il la regarde, la regarde, la regarde. D'un regard nul, d'un désintérêt jusque-là inimaginable. De quoi s'aperçoit-il encore en regardant Maria ? De quel étonnement revient-il encore en la découvrant ? S'aperçoit-il seulement à l'instant que rien ne peut plus lui venir encore de Maria, ni de Maria, ni de personne ? Qu'avec cette aurore se démasque encore une certitude nouvelle que la nuit gardait cachée ?

— J'ai un enfant à l'hôtel, dit-elle, c'est pourquoi il faut que j'y retourne.

C'est fini. Il l'a quittée des yeux. Elle lui tend de nouveau la cigarette qu'elle a gardée dans sa main, il la prend et elle la lui allume. Il soulève la couverture brune de la banquette.

— Ecoutez, dit Maria.

Peut-être n'a-t-il pas entendu. Elle a parlé très bas. Il a ouvert la portière, il est descendu et le voilà debout près de l'auto.

— Ecoutez, répète Maria. La frontière n'est pas si loin. On va essayer.

Il est debout sur le chemin et regarde de nouveau autour de lui son pays de blé. Et puis, il revient, il se souvient, il ferme la portière. Il se souvient. De même, dans la nuit, il a bien voulu répondre à l'appel de son nom. Il fut aimable, hier. Le soleil est éclatant et l'oblige à crisper ses yeux.

— On peut essayer, répète Maria.

Il fait signe, comme on refuse, de la tête, très lentement, qu'il n'a pas d'avis.

— Midi, dit Maria. A midi je serai là, je reviendrai. Midi.

— Midi, répète Rodrigo Paestra.

Avec ses doigts, elle montre le soleil et ouvre grand ses mains vers lui.

— Midi, midi, dit-elle encore.

Il incline la tête. Il a entendu. Puis il tourne sur

lui-même et cherche où il pourrait bien se mettre, se placer, dans toute cette étendue de blé, dans cette libre étendue. Le soleil est tout à fait hors de l'horizon et le frappe de plein fouet, son ombre est parfaite, sur le blé, longue.

Il pourrait avoir trouvé où aller, où se reposer de sa fatigue. Il s'éloigne sur le chemin. A côté de lui, sa couverture traîne, qu'il tient à la main. Il est pieds nus dans des sandales de corde. Il n'a pas de veste mais seulement une chemise bleu foncé comme tous les hommes de son village.

Il marche sur le chemin, s'arrête, hésite, dirait-on, puis pénètre dans le blé à quelque vingt mètres de la Rover et s'y étale foudroyé, d'un seul coup. Maria attend. Il ne se relève pas.

Lorsqu'elle se retrouve sur la route nationale, hors des argiles fraîches des champs de blé, la chaleur est déjà là. Elle grandira encore, jusqu'à midi, inévitablement et s'étalera durant le jour entier jusqu'au crépuscule. On le sait.

Le soleil sur la nuque, la nausée revient, lancinante. Les mains agrippées au volant, Maria lutte contre le sommeil. Alors qu'elle croit le vaincre, elle sombre encore. Cependant, elle avance vers l'hôtel.

Voici l'atelier.

Voici les garages.

Et, déjà, quelques paysans. Les autos sont encore peu nombreuses dans la direction de Madrid.

Au moment où Maria croit ne plus pouvoir lutter contre le sommeil le souvenir de Judith lui fait atteindre les faubourgs de la ville, puis, la ville. Et puis, la place.

Il y a là, toujours, de la police. Ceux de la nuit doivent dormir. Dans la pleine lumière celle-ci paraît découragée. Elle bâille. Elle a les pieds encore boueux, les vêtements fripés, mais elle siffle encore à tous les coins de la ville. Elle garde, dans la lassitude, devant la mairie, les deux assassinés de la veille.

Le portail de l'hôtel est ouvert. Le jeune veilleur de nuit a été remplacé par un vieil homme. Il y a de la place sous le hangar. Les autos venaient bien de l'hôtel. Maria ressort par le portail, elle fait le tour de l'hôtel par la rue où, cette nuit, elle connut Rodrigo Paestra. Elle éprouva de la difficulté à marcher parce qu'elle a bu beaucoup de cognac, mais la rue est encore vide et personne ne la voit.

Il y a de la place dans le couloir. La nausée est telle qu'il lui faut d'abord s'allonger le long de son enfant pour reprendre le courage de voir. La couverture brune est tiède encore de la chaleur de Judith. Quelqu'un a fermé la porte du couloir qui donnait sur le balcon, alors le couloir est encore frais et calme. Quel repos. Judith se retourne sur elle-même dans un sommeil toujours heureux. Maria se repose.

Ils sont encore là tous les deux. Ils dorment encore. Deux heures sont passées depuis qu'elle a quitté le couloir. Il est très tôt. Quatre heures du matin. Dans le sommeil ils se sont rapprochés sans doute sans s'en rendre compte. Pierre a la cheville de Claire contre sa joue, abandonnée. Sa bouche la frôle. La cheville de Claire repose dans la main ouverte de Pierre. S'il fermait cette main, la cheville de cette femme y tiendrait tout entière. Mais Maria a beau regarder, cela ne se produit pas. Ils dorment d'un sommeil profond.

VI

— Maria.

Maria se réveille. C'est Pierre qui l'appelle. Il sourit à tant de sommeil. Il est adossé au mur et la regarde.

— Il est dix heures, s'excuse-t-il. Tout le monde est parti.

— Judith?

— Elle joue dans la cour. Ça va.

Autour de Maria le couloir est vide. La fenêtre du balcon est ouverte et le soleil entre obliquement dans le couloir. Il est sur le sol rouge, éclatant, comme la veille, et se réverbère sur le visage de Pierre. La nausée reprend Maria. Elle se relève et se recouche.

— Une minute, et je vais me lever.

Au fond du couloir, déjà, des garçons passent avec des plateaux de boissons fraîches. Les portes des chambres sont ouvertes. Des femmes chantent en faisant les lits. La chaleur est là, déjà.

— J'ai demandé qu'on te laisse dormir, dit Pierre. Mais dans quelques minutes le soleil serait arrivé sur toi.

97

Il la regarde avec insistance. Elle a pris une cigarette, essaye de la fumer et la rejette. Elle sourit à Pierre, dans la nausée.

— C'est dur le matin, pour moi, dit-elle. Mais je vais me lever.

— Tu veux que je reste?

— Que tu m'attendes à la salle à manger, le réveil des alcooliques doit être solitaire.

Ils sourient tous les deux. Pierre s'en va. Maria le rappelle.

— Claire, où est-elle? demande encore Maria.

— Avec la petite, en bas.

Lorsqu'elle arrive à se relever et à atteindre la salle à manger, un pot de café fume sur la table où Pierre se trouve. Pierre sait ce qu'il faut à Maria, certains matins. Il la laisse boire, boire tout le café, en silence. S'étirer ensuite, s'étirer, se passer les mains dans les cheveux, fumer enfin.

— Ça va mieux, dit-elle.

A part deux autres tables, ils sont seuls dans la salle à manger qui est redevenue parfaitement ordonnée et propre. Les tables sont déjà mises pour le déjeuner, blanches. Une grande toile bise a été étendue au-dessous de la verrière, si bleue dans la nuit, et tamise le soleil. Ici la chaleur est supportable.

— Tu as bu, cette nuit, Maria, affirme Pierre.

Elle passe sa main sur son visage. C'est aux mains sur son visage qu'elle le sent, qu'elle le sait, qu'elle fut belle mais qu'elle a commencé à l'être moins. C'est à la façon, sans aucun ménagement, dont elle passe les mains sur son visage, qu'elle sait qu'elle a accepté d'être défaite, à jamais. Elle ne répond pas à Pierre.

— Question de volonté, encore une fois, continue Pierre. Tu pourrais moins boire, le soir du moins.

Maria finit le café à grandes lampées.

— Oh, c'est bien comme ça, dit-elle. Une mauvaise heure le matin, et puis ça passe.

— Cette nuit je t'ai cherchée. L'auto n'était pas là. Le gardien m'a dit que tu étais partie faire un tour. Alors j'ai compris.

Il se relève un peu et à son tour il lui caresse les cheveux.

— Maria, Maria.

Elle ne lui sourit pas. Il laisse sa main un instant posée sur ses cheveux et puis il la retire. Il sait pourquoi Maria n'a pas souri.

— Je prends une douche, dit-elle, et puis, si tu veux, on s'en ira.

Claire, la voilà. Elle tient Judith à la main. Elles entrent. Claire est vêtue de bleu. C'est Pierre qu'elle regarde d'abord tandis qu'elle entre. Le désir qu'elle a de Pierre, dès qu'elle entre, se voit, la prolonge comme son ombre. On eût dit qu'elle criait. Mais c'est à Maria qu'elle parle.

— Tu es partie cette nuit?

Maria cherche une réponse, mais elle ne la trouve pas. Elle se trouve jetée dans la contemplation de Claire.

— Ils nous ont réveillés cette nuit, continue Claire, ils avaient cru retrouver Rodrigo Paestra. Tout le monde était aux fenêtres. Quel désordre! Qu'est-ce qu'on t'a cherchée.

Qu'ont-ils fait lorsqu'ils se sont aperçus qu'elle n'était plus là cette nuit. Une fois qu'ils se sont aperçus qu'elle ne revenait pas, que la Rover ne revenait pas, une fois les enfants rendormis, quand l'hôtel est redevenu calme, le couloir, puis peu à peu tout l'hôtel? Est-ce fait?

— J'étais avec les flics, dit Maria. Je buvais des manzanillas avec les flics. Dans le café d'hier soir.

Claire rit. Pierre rit aussi, mais moins que Claire.

— Ah, Maria, soupire Claire. Maria, Maria.

Ils l'aiment, Maria. Le rire de Claire n'est pas tout à fait habituel. La chose n'est pas impossible. Qu'ils aient guetté le retour de la Rover l'un contre l'autre, enlacés, dans le noir du couloir, dans le même temps qu'ils l'attendaient. Qui sait?

— Judith, dit Maria.

Elle la prend à bout de bras et la regarde. C'est une petite fille qui a bien dormi cette nuit. Les yeux sont bleus. Le cerne de la peur a disparu de dessous ces yeux. Maria la repousse loin d'elle, l'éloigne. Il doit être dans les blés. Il dort. L'ombre des tiges est frêle et il a commencé à avoir chaud. Qui sauverait-on, en définitive, si on sauvait Rodrigo Paestra?

— Elle a dévoré ce matin au petit déjeuner, dit Claire. Une nuit fraîche et elle dévore.

Judith est revenue vers Maria. Maria la reprend, la regarde encore, puis la lâche encore en la bousculant presque. Judith est habituée. Elle se laisse regarder, puis bousculer par sa mère autant que celle-ci le désire, puis elle s'en va, tourne dans la salle à manger et chante.

— Il ne faudrait pas arriver trop tard à Madrid, dit Claire. Avant la nuit si c'est possible. Pour les chambres.

Maria se souvient, elle s'éloigne, elle va au bureau. Les salles de bains sont libres. La douche est bonne. Du temps passe ainsi. Maria regarde son corps nu, seul. Que sauverait-on, en définitive, si on emportait en France Rodrigo Paestra? Il dort dans l'océan du blé. L'eau coule le long des seins et du ventre, bienfaisante. Maria attend, attend que le temps passe, et l'eau inépuisablement. Des circonstances atténuantes seront données à Rodrigo Paestra, bien entendu. La jalousie de Rodrigo Paestra vis-à-vis de Perez sera considérée. Que peut-on faire de plus pour Rodrigo Paestra que de considérer cette jalousie qui le fit tuer?

Dans la salle à manger il n'y a que Claire qui attende Maria.

— Pierre est allé payer l'hôtel, dit-elle. Et puis on s'en va.

— Que tu es belle, dit Maria. Claire, tu es bien bien belle.

Claire baisse les yeux. Elle se retient, puis elle le dit.

— Quand ils ont fini de chercher ce pauvre type, très peu de temps après, les autos ont commencé à partir. Impossible de se rendormir. Je veux dire que c'était difficile. Mais enfin.

— C'était quelle heure?

— La nuit encore, je ne sais pas au juste. Ils sifflaient dans toute la ville. Il y a eu un fracas de tuiles, par là, le vent sans doute. Ils se sont mis dans tous leurs états. On s'est rendormi tard.

— Si tard?

— Il me semble que le soleil se levait. Oui.
Couché, on voyait le ciel. On a parlé, Pierre et moi,
oui, il me semble, jusqu'au jour.

Claire attend. Maria n'insiste pas. Judith
revient. Claire aime Judith, l'enfant de Pierre.

— Il ne fera plus jamais d'orage, dit Claire à
Judith. Il ne faut pas que tu aies peur.

— Jamais?

On le lui promet. Elle repart dans sa promenade
dans les couloirs de l'hôtel. Pierre est revenu. Il est
prêt, dit-il. Il a fait les fiches hôtelières. Il s'excuse
de les avoir fait attendre. Et puis, il se tait. Claire
ne le regarde pas ce matin. Elle baisse les yeux tout
en fumant. Ils n'ont pas dû se rejoindre, même
avant l'aurore, dans la nuit des couloirs. Elle se
trompait, Maria. S'ils ne se regardent plus comme
la veille, s'ils évitent de le faire c'est qu'ils se sont
avoué leur amour, tout bas, quand le ciel fut rose
au-dessus du blé et que le souvenir de Maria leur
est revenu avec cette aurore, poignant, abominable
en raison même de la force de leur nouvel amour.
Que faire de Maria?

— Il faut quand même voir San Andrea, dit
Pierre. Trois Goya. Ne serait-ce que pour ne pas le
regretter ensuite.

Des clients entrent. Des femmes. Pierre ne les
regarde plus.

— Je suis fatiguée, dit Maria. Je vous attendrai.

— Tu as bu quoi? demande Claire.

— La bouteille de cognac. Je vous attendrai
dans l'auto. Ça ira mieux vers midi.

Ils ont échangé un regard. Ils ont dû en parler,

de cela aussi, cette nuit, et souhaiter une nouvelle fois l'assagissement de Maria. Et souhaiter, se féliciter aussi, qu'elle fût occupée loin d'eux, et d'autre façon que par son nouveau malheur.

Ils descendent. La fraîcheur du bain se dissipe et lorsque Maria reconnaît la cour, voici la fatigue qui revient, comme un sort. Il faudrait une force immense pour arracher Rodrigo Paestra à son lit de blé. Il faudrait le leur dire, contrarier leur désir naissant, abandonner Madrid où doit se faire, ce soir, leur amour. Maria les regarde qui chargent l'auto — elle ne les aide pas — et ils rient à faire cette petite corvée qui ferait gémir Maria.

Elle est à l'avant, près de Pierre. Derrière elle, Claire, sans poser de questions plie le plaid qui traînait sur la banquette. Maria la voit faire et ne lui donne aucune explication. Le trajet est le même, dans la ville, que celui qu'a suivi Maria cette nuit. Il est onze heures. Quatre policiers montent encore la garde sur la place, éreintés comme Maria par leur nuit de recherches. L'église San Andrea est sur la place. De même que la mairie. Les corps des assassinés doivent être encore là. Gardés.

— Ils ne l'ont pas eu, dit Pierre.

Il arrête l'auto à l'ombre, en face du café qui était ouvert cette nuit. Une nouvelle fois une église. Une nouvelle fois trois Goya. Une nouvelle fois les vacances. Pourquoi, de quoi sauver Rodrigo Paestra ? Quel sera-t-il cette fois le mauvais réveil de Rodrigo Paestra ? Sortir ce corps du blé, le charger dans l'auto, dans la férocité du désir contrarié de Claire. Il est onze heures dix.

103

— Vraiment, dit Maria, je suis tellement fatiguée, je vais rester là.

Claire est descendue suivie de Judith. Pierre laisse la portière ouverte et attend Maria.

— Dix minutes, dit-il, tu le peux Maria, viens.

Elle ne veut pas. Il ferme la portière. Ils s'éloignent tous trois vers San Andrea. Ils entrent. Maria ne les voit plus.

Midi arrivera et Rodrigo Paestra comprendra qu'il est abandonné. Maria ferme un instant les yeux. S'en souvient-elle? Oui. Du regard elle se souvient, qui regardait les blés sans les reconnaître, de l'autre regard au réveil, dans le soleil. Lorsqu'elle ouvre les yeux deux enfants sont là, fascinés par la Rover. Ils ne reviennent pas. Ils doivent avoir vu autre chose, pas seulement les Goya, un primitif quelconque. Les mains jointes ils regardent ensemble d'autres paysages. Au loin des vallons entrent par des fenêtres ouvertes, des bois, un village, un troupeau. Des bois au crépuscule parmi des anges charmants, des troupeaux, un village qui fume sur une colline, l'air qui court entre ces collines est celui de leur amour. Un lac, au loin, est bleu comme tes yeux. Les mains jointes, ils se regardent. Dans l'ombre, lui dit-il, je n'avais pas remarqué jusqu'ici, tes yeux sont encore plus bleus. Comme ce lac.

Il faut que Maria bouge, qu'elle aille prendre une manzanilla dans ce bar qui est là, là, juste en face de l'automobile. Le tremblement de ses mains a commencé et l'imagination de l'alcool dans la gorge et dans le corps, aussi forte que celle d'un bain. S'ils ne reviennent pas elle va aller dans ce bar.

Ils reviennent. Entre eux, sautille Judith.

— Il n'y avait pas que les Goya, dit Pierre. Tu aurais dû venir.

Claire ouvre la portière. Maria l'arrête. Pierre est contre elle.

— Cette nuit, dit Maria, pendant que vous dormiez, j'ai découvert ce type que la police cherche, Rodrigo Paestra.

Claire devient très grave. Elle attend une seconde.

— Tu as encore bu, Maria, dit-elle.

Pierre ne bouge pas.

— Non, dit Maria. Un hasard. Il était sur le toit qui est en face du balcon de l'hôtel. Je l'ai emmené à quatorze kilomètres d'ici, sur la route de Madrid. J'ai dit que je reviendrai à midi. Il s'est couché dans le blé. Je ne sais pas ce qu'il faut faire, Pierre. Pierre, je ne sais pas du tout ce qu'il faut faire.

Pierre prend la main de Maria. Au calme qui suit ce qu'elle a dit, elle s'aperçoit qu'elle a dû crier.

— Je t'en supplie, dit-il, Maria.

— C'est vrai.

— Non, dit Claire, non. Ce n'est pas vrai, je le jurerais, ce n'est pas vrai.

Elle s'est détachée un peu de l'automobile, elle est dressée dans une majesté qui fait baisser les yeux à Maria.

— Je crois que ça lui est égal qu'on y aille ou non, dit Maria. Ça lui est égal complètement. On peut très bien ne pas y aller. Je crois préférer qu'on n'y aille pas.

Pierre essaye de sourire.

— Mais ce n'est pas vrai?

— Si. La ville est toute petite. Il était là, sur le toit qui est en face du balcon de l'hôtel. Une chance sur des milliers, mais c'est vrai.

— Tu ne l'as pas dit ce matin, dit Claire.

— Pourquoi ne l'as-tu pas dit, Maria? Pourquoi?

Pourquoi? Claire s'éloigne de l'auto avec Judith. Elle ne veut pas attendre la réponse de Maria.

— Un hasard aussi, dit Maria à Pierre, la première fois que je l'ai vu, tu étais sur un balcon de l'hôtel avec Claire.

Maria voit revenir Claire vers eux.

— Ce n'est que bien plus tard, quand vous avez été endormis tous les deux que j'ai été sûre que c'était lui, Rodrigo Paestra. C'était bien tard.

— Je le savais, dit Pierre.

Des gens sont arrêtés sur la place. C'est Claire qu'ils regardent, qui revient à pas lents vers la Rover.

— Je te l'ai dit, continue Maria, après que nous avons eu fini de parler. Mais tu dormais.

— Je le savais, répète Pierre.

Claire est là, de nouveau.

— Alors, comme ça, il t'attend? demande-t-elle tout bas.

Elle est redevenue douce tout à coup. Elle est près de Pierre, plus que jamais près de Pierre. Comminatoire mais prudente. Pierre est déjà attentif au récit de Maria.

— Oh! je ne sais pas, dit Maria. Je crois que ça lui est indifférent.

— Onze heures vingt, dit Pierre.

— Je n'ai pas du tout envie d'y aller, dit Maria. Vous ferez comme vous voudrez.

— Où ça? demande Judith.

— A Madrid. On peut aller dans une autre direction.

Les policiers recommencent à tourner sur la place, de leur pas fatigué. La chaleur est déjà celle de midi et les éreinte. Les rues sont déjà asséchées par le soleil. Deux heures ont suffi pour qu'il n'y ait plus une goutte d'eau dans les caniveaux.

— Le plaid, dit Claire, c'était ça?

— Oui. Ah! avant tout j'ai envie de boire une manzanilla. Avant tout.

Elle s'est adossée au siège arrière et les voit se regarder. Puis chercher sur la place s'il y a un café ouvert. Ils lui permettront toujours de boire, ils la protégeront toujours dans son désir de boire, toujours.

— Viens, dit Pierre.

Ils vont dans le café de la veille. La manzanilla est glacée.

— Pourquoi tu as bu le cognac? demande Claire. C'est ce qui te fait le plus de mal, le cognac, le soir.

— Une envie folle, dit Maria.

Elle redemande une autre manzanilla. Ils la laissent faire. Pierre aussi, il ne pense qu'à Rodrigo Paestra. Il a demandé un journal au garçon. En première page il y a une mauvaise photo d'identité de Rodrigo Paestra. Les deux autres photos y sont aussi. Celle de Perez. Et celle d'une très jeune femme à la figure ronde, aux yeux sombres.

— Ils n'étaient mariés que depuis huit mois, dit Pierre.

Claire lui prend le journal et le lit et le rejette sur une chaise. Le garçon du café vient vers eux. Il montre les policiers du doigt.

— Un ami à moi, Rodrigo Paestra, dit-il — il rit — et fait signe de la main qu'ils peuvent toujours le chercher.

— Ils n'ont pas attrapé le monsieur, dit Judith.

— Une autre manzanilla, commande Maria.

Pierre ne l'a pas empêchée de la commander. D'habitude, il l'eût fait. Il la laisse boire une troisième manzanilla. Il regarde sa montre. Judith assise sur les genoux de Claire est attentive. Le garçon s'est éloigné.

— Tu as dit midi?

— Oui. Il a répété le mot. Il a dit midi. Mais sans y croire.

Pierre a commandé lui aussi un verre de manzanilla. Trois déjà pour Maria. Elle sourit.

— C'est curieux et nouveau, dit-elle.

— Tu nous raconteras, Maria? demande Claire.

Maria sourit davantage. Et alors Pierre intervient.

— Tu ne bois plus, dit-il.

Il tremble un peu en prenant son verre de manzanilla. Maria promet de s'arrêter. Claire a oublié Rodrigo Paestra et recommence à ne pas pouvoir ne pas surveiller Pierre. Le soleil est arrivé

108

sur la galerie à balustrades. La place commence à entrer tout entière dans le calme du milieu du jour.

— Mais eux, dit Maria, ils étaient dans les premiers temps de l'amour.

Pierre lui prend la main et la serre. Mais Maria montre la mairie.

— Sa femme est là, dit-elle. Et Perez avec. La décence voulait qu'ils fussent séparés dans la mort.

— Maria, appelle Pierre.

— Oui. J'ai dit : peut-être la frontière. Il n'a pas répondu. Quelle histoire, quelle histoire !

Autour d'elle, déjà, la solitude de l'alcool. Elle sait encore à quel moment il faudra s'arrêter de parler. Elle s'arrêtera.

— Ça change, dit-elle, quand même.

Le garçon revient. Ils se taisent. Pierre paye les manzanillas. Vont-ils vers Madrid ? demande le garçon. Ils ne savent pas. Ils parlent de l'orage. Etaient-ils sur la route, hier ? Ils répondent à peine et le garçon n'insiste pas.

— Tu reconnaîtrais l'endroit ? demande Pierre.

— Je reconnaîtrai. Mais les vacances ?

— Il n'y a pas à choisir, dit Pierre, si c'est une question que tu me poses. Tu nous as mis dans une situation telle que nous ne pouvons plus choisir.

Il a parlé sans acrimonie. Il sourit. Claire se tait.

— Les vacances, dit Maria, quand je parlais des vacances, c'était à vous que je pensais surtout. Ce n'est pas à moi.

— Nous le savions, dit enfin Claire.

Maria se lève. Elle est toute droite devant Claire qui ne bouge pas.

— Je n'y peux rien, dit-elle tout bas, rien.

Personne n'y peut rien. Personne. Personne. C'était ce que je voulais dire. Je n'ai pas choisi de voir ce type sur les toits cette nuit. Tu aurais fait comme moi, Claire.

— Non.

Maria se rassied.

— On ne va pas y aller, déclare-t-elle. D'abord, on n'arrivera pas à le cacher, il est énorme, un géant, et même si on y arrivait, ça lui est tellement indifférent qu'on ferait là une tentative parfaitement vaine, ridicule je dirai même. Plus rien n'est à sauver de Rodrigo Paestra que la peau. Claire, tu iras à Madrid. Je ne bouge plus. Que pour Madrid.

Claire tapote la table. Pierre s'est levé.

— Je ne bouge plus, répète Maria. Je prendrai une manzanilla.

— Midi moins vingt-cinq, dit Pierre.

Il quitte seul le café et va vers l'automobile. Judith le suit en courant. Claire le regarde partir.

— Viens, Maria.

— Oui.

Elle la prend par le bras. Et Maria se lève. Non, elle n'a pas bu beaucoup. Elle a bu un peu trop tôt après le cognac, mais cela va passer.

— Ça va passer, dit-elle à Claire. Ne t'en fais pas.

Pierre est revenu vers elle. Il montre Judith déjà assise à l'arrière de l'auto.

— Judith? demande-t-il.

— Oh! elle est très petite encore, dit Maria. Il suffit de faire un peu attention.

Ils démarrent lentement de la place. La ville est

110

calme. Des policiers se sont rendus à la fatigue et dorment sur le plat des balustrades.

— C'est simple, dit Maria. Tu prends la route de Madrid. Là, en face.

C'est la route de Madrid. La plus grande de l'Espagne. Monumentale, droite, elle avance.

La ville dure encore après la place. Une patrouille revient, en déroute, à la queue leu leu. Ils ne regardent plus la Rover noire. Ils en ont vu beaucoup d'autres depuis le matin. L'immatriculation étrangère ne les fait plus tourner la tête.

Aucun d'entre eux ne regarde la Rover.

Il y a un garage. Un garage. Deux, avait compté Maria.

— A l'aller, dit Maria, j'étais préoccupée. Au retour, j'étais saoule. Mais quand même je vais me souvenir. Il y avait un autre garage.

— La route de Madrid, dit Pierre. Tu ne peux pas te tromper.

Voilà l'autre garage. Pierre conduit presque aussi lentement qu'elle dans la nuit.

— Ensuite une sorte d'atelier, assez grand et isolé.

— Le voilà. Ne t'en fais pas, dit Pierre.

Il parle avec douceur. Il a très chaud. Sans doute a-t-il peur. Personne ne se retourne sur Claire qui se tait.

Voici l'atelier. Il est ouvert. Une scie mécanique remplit l'air brûlant.

— Ensuite, il me semble, des maisons, très petites.

Les voici encore, basses, des enfants, sur des porches regardent encore les autos. Ils ne se

111

demandent plus l'heure qu'il est. Il est n'importe quelle heure avant le milieu du jour. Bientôt, après les maisons, il n'y a plus aucune ombre sur la campagne que celle des oiseaux, fuyante.

Le blé n'est d'aucun secours. Aucun repère n'est visible. Rien d'autre que le blé dans une lumière aveuglante.

— J'ai roulé longtemps dans ces champs-là, dit Maria. Quatorze kilomètres comme je t'ai dit.

Pierre regarde le compteur. Il calcule à voix basse la distance parcourue.

— Encore cinq, dit-il, cinq kilomètres. On y sera.

Ils regardent intensément le paysage, légèrement vallonné vers l'horizon. Le ciel est uniformément gris. Des lignes télégraphiques bordent à perte de vue la route de Madrid. Il y a peu de voitures par cette chaleur.

— La route ne tournait pas ? demande Pierre.

Elle dit se souvenir d'un tournant, oui, mais qu'elle n'a pas pris. Puis ensuite de la route droite jusqu'au chemin.

— Tout va très bien, dit Pierre. Le croisement arrive. Regarde, là sur la gauche. Regarde bien, Maria.

Sans doute parle-t-il si paisiblement à cause de Judith. Peut-être de Claire aussi. Judith chante, reposée et tranquille.

— Il est mort de chaleur, c'est fini, dit Maria.

La route monte légèrement.

— Tu te souviens ? Cette montée, tu te souviens ?

Elle se souvient. Très légèrement la route monte

112

en effet, elle montait vers une crête qui devait départager des chemins, un chemin, à gauche, que l'on va apercevoir en haut de la côte en même temps que d'autres champs de blé, d'autres, d'autres toujours.

— C'est bête. C'est idiot, crie Maria.

— Non, dit Pierre, mais non.

Voici les autres champs de blé. Ils s'étendent moins uniformément que les précédents. Ils sont piqués de fleurs énormes de couleurs vives. C'est Claire qui le dit.

— Par ici, dit-elle, ils ont commencé la moisson.

VII

— C'est l'enfer, crie Maria.

Pierre arrête complètement la Rover. Judith
écoute et cherche à comprendre. Mais ils se taisent
et elle se distrait.

— Regarde encore, dit Pierre. Maria, je t'en
prie.

Le chemin descend vers la gauche, en droite
ligne vers le fond de la vallée. Il est encore désert.

— C'est ce chemin, dit Maria. Les moissonneurs sont loin, à quelque cinq cents mètres de part
et d'autre de ce chemin. Ils ne l'atteindront pas
avant la soirée. Tu vois, Claire.

— Bien sûr, dit Claire.

Maria reconnaît ce chemin tout à coup parfaitement, sa courbe douce, si douce, sa largeur exacte,
son enfouissement particulier dans les blés, et
même sa lumière. Elle prend le flacon de cognac
dans la poche de la portière. Pierre, du bras, arrête
son geste. Elle replace le flacon, n'insiste pas.

— Il s'est couché dans les blés, dit-elle, là sans
doute — elle montre un endroit indésignable — en

117

attendant midi. Il y a tellement longtemps maintenant, où sera-t-il?

— Qui? demande Judith.

— Un monsieur, dit Claire, qui devait aller à
Madrid avec nous.

Pierre démarre lentement. Il fait quelques
mètres sur la route de Madrid puis, toujours
lentement, il tourne dans le chemin. Deux ornières
d'auto sont visibles, entrelacées avec celles des
charrettes.

— Les roues de la Rover, dit Pierre.

— Tu vois, tu vois, dit Maria. L'ombre des blés
doit être inexistante à cette heure-ci. Il est mort de
chaleur.

La chaleur est très grande. Déjà, le chemin est
asséché. Les ornières des charrettes et de la Rover
y sont sculptées désormais, jusqu'au prochain
orage.

— Ah! que c'est bête, dit Maria. C'était là.
C'est là.

Il est un peu plus de midi, mais à peine. L'heure
juste annoncée.

— Tais-toi, Maria, dit Claire.

— Je me tais.

Dans les champs, les fleurs se sont dressées, de-
ci, de-là, dans les grands rectangles de blé délimi-
tés par les chemins de terre qui, tous pareillement,
descendent en pente douce vers la vallée. Ils
regardent l'auto qui va vers eux, ils se demandent
ce que font ces touristes, s'ils ne se trompent pas de
route. Debout, arrêtés dans leur travail, tous,
maintenant regardent la Rover.

— Ils nous regardent, dit Claire.

— Nous allons nous reposer un peu dans ce chemin, dit Pierre, parce que cette nuit nous n'avons pas dormi à cause de l'orage. Il n'y avait pas de chambre à l'hôtel, souviens-toi, Claire.

— Je me souviens.

Judith regarde aussi les moissonneurs. Du fond de ses quatre ans elle essaye de comprendre. Elle voit bien, jusqu'au fond de la vallée, assise sur les genoux de Claire.

Maria est maintenant dans une mémoire totalement retrouvée de l'endroit. Dans le creux du chemin la chaleur est immobile et fait surgir de tous les points du corps des sources de sueur.

— Vingt mètres encore. Suis la trace des roues. Je te préviendrai.

Pierre avance. Les moissonneurs, toujours debout, les regardent venir. Cette route ne mène nulle part. C'est celle de leurs champs. Ils encadrent très exactement un grand quadrilatère au centre duquel s'est couché, il y a maintenant sept heures, Rodrigo Paestra. Ils ont commencé la moisson au bas de la vallée. Ils remontent jusqu'à la route de Madrid qu'ils atteindront à la fin de la journée.

Voici que le chemin se creuse encore, plus profond que le niveau des champs de blé. Ils ne voient plus, des moissonneurs, que la tête, la tête figée par l'attention.

— Il faudrait que tu t'arrêtes, dit Maria.

Il s'arrête. Les moissonneurs n'ont pas bougé. Quelques-uns d'entre eux vont probablement venir vers la Rover.

Pierre sort de l'auto et fait un signe d'amitié, de

la main, au groupe le plus proche qui compte deux hommes. Quelques secondes se passent. Et l'un des deux hommes répond au geste de Pierre. Alors Pierre sort Judith de l'auto, la soulève, et Judith répète le même geste que lui, de salut. Lorsqu'elle s'en souviendra plus tard, Maria trouvera à Pierre un air joyeux.

Tous les moissonneurs répondent au geste de la petite fille. Le groupe des deux hommes et puis, plus loin derrière eux, celui de trois femmes. Leur visage change : ils rient. Ils rient dans des grimaces à cause du soleil : des rides sur l'eau, qui se voient de loin. Ils rient.

Claire ne bouge pas de l'auto. Maria est descendue.

— C'est impossible, dit-elle, qu'il sorte maintenant du champ.

Pierre montre à Maria un groupe de charrettes, au bas de la vallée. A mi-pente, entre ce premier groupe de charrettes et la route de Madrid, il y a d'autres charrettes encore et les chevaux.

— Dans une demi-heure, dit Pierre, ils iront tous manger à l'ombre des charrettes. Et, sous la hauteur du blé, ils ne verront plus rien de nous.

Quelqu'un parle dans l'auto.

— Une demi-heure et nous mourrons de chaleur, dit Claire.

Elle a repris Judith avec elle. Elle lui raconte une histoire tout en suivant Maria et Pierre des yeux.

Ils se sont remis à travailler. L'air qui arrive du fond de la vallée, chargé de poussière de blé, pique la gorge. Et cet air embaume encore, il est passé à travers les eaux de l'orage de la nuit.

— Je vais voir, dit Maria, lui dire au moins qu'il faut attendre, le faire patienter.

Elle s'éloigne lentement, au pas de la promenade. Elle chante. Pierre l'attend, dans le soleil du chemin.

Elle chante la chanson qu'elle a chantée deux heures avant l'aurore pour Rodrigo Paestra. Un moissonneur entend, relève la tête, renonce à comprendre pourquoi des touristes se sont arrêtés là, recommence à travailler.

Elle avance machinalement du même pas tranquille que lui, Rodrigo Paestra, lorsqu'elle l'a quitté à quatre heures du matin. Le chemin se creuse tant que personne ne doit plus la voir. Sauf Pierre et Claire.

Comment nommer ce temps qui s'ouvre devant Maria ? Cette exactitude dans l'espérance ? Ce renouveau de l'air respiré ? Cette incandescence, cet éclatement d'un amour enfin sans objet ?

Ah ! il doit y avoir au fond de la vallée un torrent où roulent encore les eaux lumineuses de l'orage.

Elle ne s'est pas trompée. L'espérance était exacte. Le blé tout à coup, sur sa gauche, se troue. Là, elle ne les voit plus. Elle se trouve de nouveau seule avec lui. Elle écarte les blés et pénètre dedans. Il est là. Au-dessus de lui, le blé se recoupe avec naïveté. Sur une pierre, le blé se fût recourbé de la sorte, pareillement.

Il dort.

Les charrettes colorées qui sont passées ce matin dans le soleil levant ne l'ont pas réveillé. Il est là où il s'est posé, où il s'est jeté, foudroyé, lorsqu'elle l'a quitté. Il est couché sur le ventre, les jambes ineffablement repliées sur elles-mêmes, à peine, enfantinement, dans un instinct de leur confort irréductible au malheur. Les jambes qui ont porté Rodrigo Paestra dans son malheur si grand jusqu'à ce blé se sont accommodées, seules, et vaillantes, de son sommeil.

Les bras sont autour de la tête, de même que les jambes, dans un abandon enfantin.

— Rodrigo Paestra, appelle Maria.

Elle se penche. Il dort. Elle le portera en France ce corps-là. Elle l'emmènera loin, l'assassin de l'orage, sa merveille. Ainsi, il l'attendait. Il crut ce qu'elle lui dit ce matin. Des envies lui viennent de se couler le long de son corps, dans le blé, afin qu'à son réveil il reconnaisse quelque objet du monde, le visage anonyme et reconnaissant d'une femme.

— Rodrigo Paestra.

Elle appelle tout bas dans une crainte et un désir égaux de le réveiller, à demi courbée sur lui. Pierre et Claire ne doivent plus ni la voir ni l'entendre. Ni même l'imaginer.

— Rodrigo Paestra, dit-elle très bas.

Elle se croit saoule encore tellement lui vient de plaisir à retrouver Rodrigo Paestra. Elle le crut ingrat. Il était là, à l'attendre, elle, à l'heure exacte. Ainsi, vient le printemps.

Elle crie plus fort.

— Rodrigo Paestra. C'est moi. C'est moi.

Elle se penche davantage et l'appelle. Cette fois-ci de plus près, de plus bas.

Et c'est alors qu'elle est près de lui à le toucher qu'elle s'aperçoit que Rodrigo Paestra est mort.

Ses yeux sont ouverts face au sol. Cette tache

autour de sa tête ainsi que sur les tiges de blé, qu'elle croyait être son ombre, est son sang. Il y a longtemps que cela s'est produit, peu après l'aurore sans doute, il y a six ou sept heures. Contre le visage, abandonné tel un jouet dans l'assaut d'un sommeil d'enfant, il y a le revolver de Rodrigo Paestra.

Maria se relève. Elle sort du champ de blé. Pierre est sur la route. Il vient vers elle. Ils se rejoignent.

— Ce n'est pas la peine d'attendre, dit Maria. Il est mort.

— Comment?

— La chaleur sans doute. C'est fini.

Pierre s'immobilise près de Maria. Ils se regardent et se taisent. C'est Maria qui sourit la première. Ainsi, à s'y tromper, se regardèrent-ils il y a très longtemps.

— Ça ne rime à rien, dit-elle. On va s'en aller.

Elle ne bouge pas de place. Pierre la quitte, va vers le creux du blé qu'elle vient de quitter. Il doit se pencher à son tour sur Rodrigo Paestra. Il est long à revenir. Mais il revient vers Maria. Claire et Judith les attendent, parfaitement silencieuses. Maria cueille un épi de blé, un autre, elle les tient, les lâche, en reprend et les lâche encore. Pierre est là.

— Il s'est tué, dit-il.

— Un imbécile. Un imbécile. N'en parlons plus.

Ils restent l'un en face de l'autre dans le chemin. Ils attendent l'un de l'autre un mot concluant de cet événement, un mot qui ne vient pas. Puis, Pierre prend l'épaule de Maria et il l'appelle.

— Maria.

De la Rover un autre appel arrive. Claire, c'est vrai. C'est Pierre qu'elle appelle. Pierre, d'un signe, répond. Ils viennent.

— Et le monsieur ? demande Judith.

— Il ne viendra plus, dit Pierre.

Maria ouvre la portière arrière et demande à Claire de monter à l'avant. Elle gardera Judith avec elle, à l'arrière.

— Il est mort, dit Pierre tout bas à Claire.

— Comment ?

Pierre hésite.

— Une insolation sans doute, dit-il.

Il met la Rover en marche et commence à faire demi-tour. La manœuvre est difficile. Il faut empiéter un peu sur les bas-côtés parce que le chemin est très étroit. En se retournant Pierre voit Maria qui a pris Judith dans ses bras et qui lui éponge le front. Elle le fait soigneusement, comme toujours. Claire, à l'avant, se tait. Maria ne voit pas sa nuque si belle se détacher sur les blés.

La manœuvre est terminée. Pierre remonte le chemin et, aussi longtemps qu'il dure, il le fait lentement. Voici la route de Madrid.

— Qu'est-ce qu'on fait ? demande Claire.

Personne ne lui répond.

— Que j'ai soif, dit Judith.

Voici la route de Madrid. Monumentale, droite, elle continue. De nouveau, sans doute, les moissonneurs se sont-ils dressés dans les champs, mais

124

aucun d'entre eux ne les voit. Pierre s'arrête de nouveau et se retourne vers Maria, sans un mot.

— Il n'y a aucune raison, dit-elle. Aucune raison pour que nous ne fassions pas ce que nous avons décidé de faire.

— Deux cent cinquante-trois kilomètres, dit Claire, exactement. On peut y être avant la nuit.

Pierre repart. Avec la vitesse la chaleur est plus supportable. Elle sèche la sueur, fait la tête moins lourde. Judith se plaint de nouveau d'avoir soif. Pierre lui promet qu'il s'arrêteront dans le prochain village. Dans quarante-huit kilomètres. Judith se plaint encore. Elle s'ennuie.

— Elle s'ennuie, dit Claire.

Et, bien avant ce village, la route change tout à coup. Elle monte d'abord vers un sommet à peine sensible tant il est long à atteindre. Puis elle descend, au même rythme, vers une région plus élevée, pierreuse, lunaire. Elle redescend à peine, bien moins qu'elle montait, redevient plate et droite, encore.

— Le début de la Castille, sans doute? demande Claire.

— Sans doute, dit Pierre.

Judith crie qu'elle a soif, encore.

— Si tu pleures Judith, dit calmement Maria, si tu pleures...

Judith pleure.

— Je te laisse sur le bord de la route, crie Maria. Si tu pleures, attention à toi, Judith.

Pierre augmente de vitesse. De plus en plus. La Rover laisse derrière elle des nuages de poussière et de graviers. L'air est torride. Claire s'adosse à la banquette, fixe la route.

— Ce n'est pas la peine de se tuer, dit-elle.

Le blé disparaît. Il n'y a plus que des pierres, des amas de pierres complètement décolorées par le soleil.

Judith cesse de pleurer, se blottit contre sa mère. Pierre va de plus en plus vite malgré l'avertissement de Claire. Maria se tait.

— Maman, appelle Judith.

— On va se tuer, annonce Claire.

Pierre ne ralentit pas son allure. Il va si vite que Judith est ballottée de-ci de-là, du dossier de la banquette à sa mère. Sa mère la retient d'un geste du bras, contre sa hanche. Et Judith reste là, à pleurnicher de nouveau.

— Pierre, appelle Claire. Pierre.

Il ralentit un peu. Le plateau cesse et la route monte de nouveau. A son sommet, encore, elle redevient étale mais cette fois-ci elle ne redescendra plus. Un cirque de montagnes est au bout, aux sommets ronds. A mesure de l'avance d'autres montagnes se découvrent, dans un amoncellement extravagant. Les unes sur les autres, il y en a maintenant de tous les côtés, les unes se reposant sur les autres de leur poids entier, dans une bousculade insensée, blanches, rosies ou bleuies par des sulfures à nu sous le soleil.

— Maman, crie de nouveau Judith.

— Tais-toi, tais-toi, crie Maria.

— Elle a peur, déclare Claire. Judith a peur.

Pierre ralentit encore. Dans le rétroviseur il voit

Maria enlacer Judith, et l'embrasser, et Judith qui, enfin, sourit.

Le voyage se poursuit à une allure naturelle. Ils ne sont plus qu'à dix kilomètres du village annoncé par Pierre. Une pause se produit, la première après la précipitation du temps et de l'humeur qui a suivi la découverte du cadavre de Rodrigo Paestra dans les blés.

— Les chambres, dit alors Claire. Il faudra ne pas oublier de les louer par téléphone avant ce soir. On s'était promis de le faire, hier, avant trois heures de l'après-midi.

Maria lâche Judith qui maintenant est calme. Maria retrouve Claire, la beauté de Claire qui en ce moment pourrait la porter jusqu'aux larmes. Claire est là, posée de profil sur le ciel et contre les montagnes sulfureuses et lactées qui, à l'horizon, annoncent l'avance toujours plus grande du voyage et de son terme, ce soir, Madrid. Ce soir, Pierre. Elle a eu peur tout à l'heure, lorsque Pierre roulait vite, de mourir dans une telle attente. Maintenant, elle est devenue pensive et cette attente d'une chambre, ce soir, à Madrid, pour ce soir à Madrid, de son lovement contre Pierre, ce soir, à Madrid, nue, dans la chaleur moite des chambres fermées au jour, lorsque Maria dormira dans le sommeil solitaire qui suit l'alcool, l'emporte tout à fait sur sa peur.

Peut-on déjà les voir, dans ce lit blanc, à Madrid, ce soir, cachés? On le peut, excepté la nudité de Claire qu'elle ignore.

— Je t'aimerai toujours, Claire, dit Maria.

Claire se retourne et ne sourit pas à Maria.

Pierre ne se retourne pas. Un silence se fait dans la Rover. Jamais encore Claire ne s'est montrée nue à Maria. Elle le fera ce soir, devant Pierre. Cette échéance est aussi inéluctable que celle, tout à l'heure, du crépuscule. Dans le regard de Claire, le sort de cette nuit se lisait.

— Judith, regarde, crie Pierre.

C'est le village qu'il voulait atteindre. Celui-ci avance vite, pareil à celui de Rodrigo Paestra. Pierre ralentit. Ses mains sont belles sur le volant, souples, longues, brunies, d'une ductilité désormais unique. Claire les regarde beaucoup.

— C'est un parador, dit Pierre. Il est à la sortie du village.

Ce village est déjà dans la paix de la sieste. Le parador est dans un bois de pins, là où Pierre a dit.

C'est une immense demeure assez ancienne, entièrement close sur la chaleur. Il y a beaucoup d'autos sous les pins. Une terrasse ronde, qui donne sur la campagne est vide.

L'heure du déjeuner est arrivée sans qu'ils s'en soient aperçus. Tout le monde mange déjà. Il y en a qui viennent de l'hôtel Principal. Ils se reconnaissent. Claire sourit à une jeune femme.

— J'ai faim, découvre Judith.

La fraîcheur des salles pleines qui se succèdent en quinconce est telle qu'elle jette dans une aise imprévue.

— Quelle chaleur il faisait, dit enfin Maria.

On les installe dans un box qui donne sur le bois de pins — on le voit à travers les stores et on découvre, parallèlement à lui, un bois d'oliviers. Une allée les sépare. On donne de l'eau à Judith.

Judith boit longuement. Ils la regardent boire. Elle cesse de boire.

Maria est entre eux, Claire et Pierre. Ils l'entourent. Même eux ont commandé une manzanilla. Judith, ranimée, commence à remuer dans l'espace qui se trouve entre leur table et l'entrée du parador. Maria boit des manzanillas.

— C'est bon, dit-elle. Je crois que je boirai toujours.

Elle boit. Claire s'étale sur la banquette et rit.

— Comme tu veux, Maria, dit-elle.

Elle jette autour d'elle le regard circulaire, rapide, du bonheur. La salle à manger est pleine. C'est l'été, en Espagne. Des odeurs de nourriture fruitée continuent, à cette heure-là, chaque jour, et aujourd'hui aussi, à porter à la nausée.

— Que je n'ai pas faim, annonce Claire.

— Nous n'avons pas faim, dit Maria.

Pierre fume et boit de la manzanilla. Depuis le départ en vacances, il reste silencieux, longtemps, entre ces deux femmes.

Pierre commande des langoustines grillées. Maria commande de la viande pour Judith, bonne et tendre. On le promet. On assied Judith sur une chaise rehaussée de coussins, seule à la table.

— Nous lui aurions fait une belle existence, commence Maria, et peut-être je l'aurais aimé.

— Qui le saura jamais ? dit Claire.

Elles rient ensemble et puis elles se taisent et puis Maria continue à boire des manzanillas.

On apporte à Judith une viande acceptable. Et peu après on apporte les langoustines grillées et des olives.

129

Judith mange bien.

— Enfin, dit Pierre en regardant son enfant, enfin elle a faim.

— L'orage, dit Claire. Ce matin aussi elle avait faim.

Judith, avec sagesse, se nourrit. Maria lui coupe de la viande. Elle mâche et elle avale. Maria recommence. Tout en la regardant se nourrir si bien, ils mangent. Les langoustines sont brûlantes et fraîches, croquantes sous les dents, à l'odeur du feu.

— Tu aimes ça, Pierre, dit Claire.

Elle en a une dans la bouche. On entend ses dents la mordre. Elle recommence à ne plus pouvoir se dérober au désir qu'elle a de Pierre. La voici revenue de sa férocité, la voici belle, sauvée du péril qu'était, vivant, Rodrigo Paestra. Sa voix est de miel lorsqu'elle lui demande — sa voix en est changée — s'il aime ça, à l'égal d'elle.

— On le trouvera tout à l'heure, dit Maria, dans quatre heures. Pour le moment, il est toujours dans le blé.

— Tu sais, d'en parler n'y change rien, dit Claire.

— L'envie m'en vient tout de même, dit Maria. Faut-il m'en empêcher?

— Non, dit Pierre, non, Maria. Pourquoi?

Maria boit encore. Les langoustines sont les meilleures de l'Espagne. Maria en redemande. Ils mangent plus qu'ils ne pensaient manger. Et, tandis que la fatigue arrive sur Maria, Claire se ranime comme Judith, et elle dévore ces langoustines. Celles qu'il mange aussi, lui.

— A peine jouée, la partie était perdue, continue Maria. Ce sont ces parties perdues là qui vous
portent à épiloguer sans fin.

— J'aurais eu beaucoup de plaisir à sauver
Rodrigo Paestra, dit Pierre, je l'avoue.

— Ce n'était pas le soleil, n'est-ce pas ?
demande Claire.

— C'était le soleil, dit Pierre.

Judith n'a plus faim. Elle veut bien d'une
orange. C'est Pierre qui la lui épluche avec soin.
Judith suit ses gestes avec une attention envieuse.

Ils n'ont plus faim. Une ombre verte arrive par
les contrevents aveuglés de stores. Il fait frais.
Claire s'est étalée de nouveau, tout entière sur la
banquette aux yeux de Pierre. Il ne la regarde pas,
mais comment pourrait-il l'ignorer ? Elle regarde
vers les stores, sans le voir, le bois d'oliviers.
L'ombre de la chaleur danse dans ses yeux. Ses
yeux sont dans un éveil violent, ils sont mobiles
comme l'eau. Bleus, comme sa robe, bleu sombre à
l'ombre verte des stores. Que s'est-il passé ce matin
dans l'hôtel tandis qu'elle dormait, Maria ?

Maria ferme à moitié les yeux pour mieux voir
cette femme, Claire.

Mais rien n'est visible de Claire que la fixité
frémissante de son regard sur le store. Et tout à
coup, la surveillance de Maria surprise se terre.

C'est alors que Pierre se lève tout à coup, qu'il
va vers la porte, qu'il l'ouvre — dans une illumina-
tion — et qu'il sort. Dix minutes se passent.

— Je voudrais qu'il revienne, dit Maria.

Claire fait un geste vague : elle ne sait pas où est
allé Pierre. Elle reste ainsi, le visage vers la porte

d'entrée, dans le refus de regarder Maria. Elles se taisent jusqu'à ce qu'il revienne. Il fume une cigarette qu'il a dû allumer sur la terrasse.

— L'air brûle, dit-il.

On fait descendre Judith de sa chaise.

— Où étais-tu Pierre ? demande Claire.

— Sur la terrasse. La route est vide.

Il reste un peu de manzanilla dans la carafe. Maria le boit.

— Je t'en prie, Maria, dit Pierre.

— Enfin la fatigue me vient, dit Maria. Mais c'est la dernière que je bois.

— On ne peut pas encore partir, par cette chaleur, n'est-ce pas, Pierre ? demande Claire.

Elle a montré Judith. Judith bâille.

— Mais non, dit Maria. Elle doit dormir un peu.

Judith rechigne. Pierre la prend dans ses bras et il va l'installer sur un grand canapé qui est dans l'ombre épaisse du fond du hall d'entrée. Judith se laisse faire. Pierre revient vers Maria et Claire. Claire le suit du regard, tout entier, lorsqu'il revient. Il se rassied dans le box. Il faut attendre la fin de la sieste de Judith.

— Elle dort déjà, dit-il — il s'est retourné vers son enfant.

— On l'aurait emporté en France, continue Maria. Il serait devenu notre ami peut-être. Qui sait ?

— Jamais on ne saura, dit Pierre — il sourit — ne bois plus, Maria.

VIII

— Quelle fatigue, dit Maria — c'est à Pierre qu'elle parle — il semble qu'on puisse lutter contre tout au monde excepté contre cette fatigue-là. Je vais dormir.

Maria est douce. Et à cette douceur Pierre est fait comme il le fut à son corps même. Il sourit à Maria.

— C'est la fatigue venue de loin, dit-il, accumulée, faite de tout, exactement de tout. Quelquefois elle se fait voir. Aujourd'hui, Maria. Mais tu le sais bien.

— On a toujours une trop grande confiance dans ses forces, dit Maria, je crois que je vais bien dormir.

— Tu as toujours eu une trop grande confiance dans tes forces, dit Claire. Elles se sourient.

— L'alcool, dit Maria, que veux-tu. Et après, la méfiance dans laquelle on se tient, tu ne peux pas savoir.

— Je ne sais pas. On peut toujours parler comme ça jusqu'à ce soir.

— Oh non, dit Maria, je vais dormir.

135

Elle s'étale sur la banquette. Claire est en face d'elle.

Pierre retourne voir Judith.

— Ce qu'elle dort bien, dit-il.

— On croit que c'est possible, dit Maria, mais elle est vraiment trop petite pour des voyages pareils, si longs, et dans cette chaleur.

Elle a pris sur la banquette la place de Pierre. Beaucoup de touristes s'étalent de même qu'elle. Quelques hommes sont par terre, allongés sur les tapis de cordes. Les salles sont silencieuses. Tous les enfants dorment et on parle bas.

— Je l'aurais emmené en voyage, beaucoup, de voyage en voyage — elle bâille — et petit à petit, jour par jour, je l'aurais vu changer, me regarder, puis m'écouter, et puis...

Elle bâille encore, s'étire et ferme les yeux.

— Tu ne bois plus rien avant Madrid, dit Pierre. Rien.

— Rien. Je promets. Je n'ai pas assez bu pour...

— Pour quoi ? demande Claire.

— Pour être plus bavarde encore, dit Maria. Et pour me désespérer trop de l'abandon de Rodrigo Paestra. Tu sais ce que c'est, je m'étais promis de jouer une grande partie avec Rodrigo Paestra. Et puis voilà, voilà qu'elle a échoué aussitôt entreprise. C'est tout. Mais je n'ai pas assez bu pour ne pas l'admettre. Que j'ai sommeil ! Je dors, Claire.

Elle ferme les yeux. Où sont-ils ? Elle entend claire.

— Encore une demi-heure et pourra-t-on réveiller Judith ?

Pierre ne répond pas. Alors une dernière fois, Maria parle.

— Si tu veux. Comme tu veux. Moi je dormirais bien jusqu'à ce soir.

Pierre dit qu'il va téléphoner au National Hôtel de Madrid pour retenir trois chambres. Il parle à voix basse. Il va téléphoner. Rien ne se passe. Claire doit être là. Ce soupir près de Maria, cette odeur de santal dans l'air, c'est la présence de Claire. Maria rêve qu'elle dort.

Pierre revient. Les trois chambres sont réservées pour ce soir au National Hôtel à Madrid, dit-il. Ils se taisent un moment. Des chambres à Madrid pour ce soir. Ils savent qu'une fois à Madrid Maria voudra boire et traîner dans les bars. Il leur faudra beaucoup de patience. Ils ferment les yeux tous deux dans une réciprocité parfaite. La honte leur interdit de se regarder en sa présence, même si elle dort. Ils se regardent quand même dans l'impossibilité de le faire. Puis referment les yeux une nouvelle fois dans l'urgence intenable de leur désir. C'est Claire qui dit :

— Elle dort.

Quel calme. Claire caresse doucement la toile rêche du canapé. Et à force de la caresser, elle l'écorche de ses ongles. Pierre le voit, suit la progression de la caresse de Claire, la voir s'arrêter brusquement, se détacher douloureusement du canapé puis retomber sur sa robe bleue.

C'est sûrement elle qui se lève la première et qui sort du box. Ce froissement de l'air, à peine sensible, ce crépitement de jupes dépliées, cette lenteur, cette langueur dans le redressement du corps, c'est une femme. Ces effluves résineux, sucrés d'un parfum mûri par la peau, réajusté à elle, à sa respiration et à son salissement, à son échauffement dans la tanière de sa robe bleue, entre mille elle les reconnaîtrait.

Le parfum cesse autour de Maria de même que tombe le vent. Il l'a suivie. Maria ouvre les yeux en toute certitude. Ils ne sont plus là. Enfin.

Maria referme de nouveau les yeux. Ça va être fait. Dans une demi-heure. Dans une heure. Et puis la conjugaison de leur amour s'inversera.

Elle voudrait voir se faire les choses entre eux afin d'être éclairée à son tour d'une même lumière qu'eux et entrer dans cette communauté qu'elle leur lègue, en somme depuis le jour où, elle, elle l'inventa, à Vérone, une certaine nuit.

Elle dort, Maria?

Il y a, dans ce parador, dans cette demeure close sur l'été, pourtant, des ouvertures sur cet été. Il doit y avoir un patio. Des couloirs qui tournent et meurent vers des terrasses désertées où des fleurs, chaque jour, en cette saison, se meurent aussi, en attendant le soir. Dans ces couloirs, sur ces terrasses, personne ne va dans la journée.

Claire sait qu'il la suit. Elle sait. Il l'a déjà fait. Il sait suivre la femme qu'il désire, d'assez loin afin qu'elle s'exaspère un peu plus qu'il ne faudrait. Il les préfère ainsi, lui.

Là, il n'y a personne, toujours à cause de la chaleur mortelle de la campagne. Sera-ce là? Claire s'est arrêtée, au comble, comme il la veut, de l'exaspération venue de ce qu'il ne l'ait pas encore rejointe, que son pas, derrière elle, soit resté calme, égal.

Il a atteint Claire. Il a atteint la bouche de Claire. Mais elle ne veut pas la lui donner.

— Il faut compter une heure, dit-elle, avant qu'elle se réveille. On peut louer une chambre. Je peux le faire moi, la louer, si ça te gêne. Je n'en peux plus.

Il ne répond pas.

— Je la connais, continue-t-elle, je savais qu'elle allait s'endormir. As-tu remarqué? Après quatre manzanillas, déjà, elle en est déjà là, elle s'endort.

Il ne répond pas.

— Mais l'as-tu remarqué? Je t'en supplie. L'as-tu remarqué? Pierre?

— Oui. Elle ne dort pas, aujourd'hui.

Elle va vers lui et se tient contre lui tout entière, de la tête aux pieds, de ses cheveux à ses cuisses, tout entière elle s'en remet à lui. Ils ne s'embrassent pas.

L'alcool fait battre le cœur plus que de raison. Quelle durée avant le soir. Maria entrouvre ses cuisses où bat son cœur, un poignard.

— Serait-ce que je t'ai perdu, déjà?

— Mon amour. Comment peux-tu?...

Elle se retire de lui, s'éloigne, s'éloigne encore. Il est seul. Lorsqu'elle revient il est toujours à la même place, cloué. Elle a à la main, une clef.

— C'est fait, dit-elle.

Pierre ne répond pas. Elle est passée devant lui, sans s'arrêter. Il l'a entendue dire que c'était fait. Elle s'éloigne. Il la suit de loin. La voici dans un escalier qui, lui, est dans l'ombre. Même les femmes de chambre dorment encore. Dix minutes à peine ont passé depuis qu'ils ont quitté Maria. Elle se retourne dans l'escalier.

— Pour la sieste, j'ai dit.

Voici la chambre qu'il faut ouvrir. Cela, c'est lui qui le fait. C'est une très grande chambre qui donne sur le bois d'oliviers. C'est elle qui, ralentie tout à coup, ouvre la fenêtre et le dit.

— Quelle chance. Regarde. — Elle ajoute, criante : — Ah, je n'en pouvais plus. Il regarde, et c'est tout en regardant en même temps qu'elle, qu'il ose commencer à la toucher. Il lui ferme la bouche pour qu'elle ne crie plus.

La chaleur est encore éblouissante dans la campagne déserte.

Est-ce la dernière fois du monde que bat son cœur de la sorte, si déraisonnablement ? Elle ouvre à peine les yeux. Ils ne sont plus là. Elle les referme. Ses jambes remuent et se reposent sur la banquette. Puis elle se relève et regarde, par les persiennes ouvertes, leur même bois d'oliviers, pétrifié par la chaleur. Puis elle se recouche, de nouveau ferme les yeux. Elle croit qu'elle dort. Le cœur s'est calmé. Elle boit trop. Tous le disent, lui surtout. Tu bois trop, Maria.

La fenêtre est au milieu du mur, exactement. Le bois est là. Les oliviers sont très anciens. Sur la terre où ils sont, aucune herbe. Ils ne regardent pas le bois.

Pierre, allongé sur le lit, la regarde défaire sa robe bleue et venir vers lui, nue. Il saura plus tard, qu'il l'a vue arriver dans le cadre de la fenêtre ouverte, entre les oliviers. Le saura-t-il plus tard ?

140

Elle a défait sa robe très vite et elle l'a enjambée et la voici.

— Tu es belle. Dieu que tu l'es.

Ou peut-être aucune parole ne sera-t-elle prononcée.

Le suicide de Rodrigo Paestra dans les blés, au petit matin, était prévisible. Dans l'inconfort, le bruit des charrettes, la chaleur toujours grandissante du soleil, la présence de cette arme dans sa poche qui le gênait pour s'allonger, pour s'endormir l'a fait se souvenir de cette aubaine, oubliée distraitement jusque-là, la mort. Maria dort. Elle en est certaine. Si elle insistait, elle rêverait. Mais elle n'insiste pas. Elle ne rêve pas. C'est admirable, ce calme soudain qui suit la découverte de son éveil. Elle ne dormait donc pas.

Pierre se lève du lit le premier. Claire pleure. Claire pleure de plaisir encore lorsque Pierre se lève du lit.

— Elle sait tout, dit-il. Viens.

Alors les pleurs de Claire se calment.

— Tu crois?

Il le croit. Il est tout habillé auprès d'elle, nue encore. Puis il se tourne vers la fenêtre et répète qu'il faut partir.

— Tu ne m'aimes pas? demande-t-elle.

Sa voix s'est assombrie. Il le lui dit.

— Je t'aime. J'ai aimé Maria. Et toi.

A travers la fenêtre, le paysage s'est adouci. Il ne veut pas savoir qu'elle se lève du lit. Le soleil est moins vertical. L'ombre des oliviers, insensiblement, pendant leur amour a commencé à s'allonger. Un fléchissement de la chaleur se produit. Où

141

est Maria? Maria a-t-elle bu jusqu'à mourir? La
facilité royale qu'a Maria à boire et à mourir l'a-
t-elle conduite dans les blés, loin, rigolante, à
l'instar de Rodrigo Paestra? Où se trouve cette
autre femme, Maria?

— Vite, dit Pierre. Viens.

Elle est prête. Elle pleure.

— Tu n'aimes plus Maria, crie-t-elle. Rappelle-
toi, tu n'aimes plus Maria.

— Je ne sais pas, dit Pierre. Ne pleure pas, ne
pleure pas, Claire. Une heure déjà que nous
l'avons quittée.

Elle regarde elle aussi le paysage et s'en
détourne aussitôt. Elle se farde dans la glace, à côté
de la fenêtre. Elle retient ses pleurs.

Morte dans les blés, Maria? Avec sur le visage,
un rire arrêté dans sa course, la rigolade au plus
fort d'elle-même? Rigolade solitaire de Maria dans
le blé. Le paysage est le sien. Cette mollesse
soudaine dans les ombres des oliviers, cette chaleur
qui tout à coup, cède le pas au soir qui s'annonce,
ces signes divers qui accourent de toutes parts de la
fin de la culmination du jour ramènent à Maria.

Pierre est à la porte de la chambre. Il a la main
sur la poignée. Elle est au milieu de la chambre. Il
dit qu'il descend le premier. Sa main tremble sur la
porte. Alors elle crie.

— Mais qu'est-ce qu'il y a? Pierre, Pierre,
parle-moi.

— Je t'aime, dit-il. Ne crains rien.

Ce sont les touristes qui l'ont réveillée. Ils
partent tous dans la gaîté. Judith est là, caressée et
ravie, les cheveux encore collés par la sueur de la

142

sieste, dans le champ de la porte d'entrée, des cailloux de la cour dans ses mains heureuses. Maria se relève et Judith accourt.

— J'ai chaud, dit Judith. Et elle s'éloigne.

Ils ne sont pas encore là. L'imagination de la chaleur pèse encore, il fait dans le parador une lumière différente. Les stores ont été relevés après l'amour.

— Je vais te baigner, dit Maria à Judith. Tu vas voir. Dans cinq minutes.

Le maître d'hôtel passe. Maria commande un café. Elle reste assise en l'attendant. Et c'est alors que Pierre arrive.

Il est arrivé par la salle de restaurant. Il est devant elle.

— Ah que j'ai bien dormi, dit Maria.

Le maître d'hôtel apporte le café et Maria boit goulûment. Pierre s'assied près d'elle, fume une cigarette et se tait. Il ne regarde pas Maria mais Judith, tantôt Judith, tantôt la porte d'entrée. Lorsque Claire arrive, il se recule un peu afin de lui faire de la place.

— Tu as dormi?

— Oui, dit Maria, longtemps?

— Je ne sais pas, dit Claire. Tout le monde est parti. Longtemps sans doute. Oui. Elle ajoute : — C'est bien que tu aies dormi.

— Tu devrais boire un café, dit Maria. Pour une fois qu'il est bon.

Claire le commande. Elle se tourne vers Maria.

— Pendant que tu dormais nous nous sommes promenés dans les bois qui sont derrière l'hôtel, dit-elle.

— Et la chaleur était affreuse ?

— Affreuse. Mais il suffit d'en prendre son parti. Tu sais bien.

— Les chambres sont retenues à Madrid, dit Pierre. Alors un peu plus tard ou un peu plus tôt, on partira quand tu le voudras, Maria.

— Je donne une douche à Judith. Et nous partons pour Madrid ?

Ils sont d'accord. Maria emmène Judith dans la douche du rez-de-chaussée. Judith se laisse faire. Maria la met sous la douche. Judith rit. Et Maria la rejoint sous la douche. Et elles rient.

— Que vous êtes fraîches, dit Claire lorsqu'elles reviennent. Elle se jette sur Judith et elle l'embrasse.

Dehors on pourrait croire que la chaleur est égale à elle-même. Mais l'humeur a changé. On est loin du matin et de ses affres. Et on vit dans l'espérance de la venue du soir. Les paysans sont de nouveau dans les champs, à moissonner le même blé, et les montagnes roses, à l'horizon, rappellent la jeunesse passée du matin.

Claire conduit. A côté d'elle Pierre se tait. Maria a désiré être à l'arrière avec Judith. Ils avancent vers Madrid. Claire conduit avec une grande sûreté, à peine plus rapidement que d'habitude. C'est en cela seulement qu'en apparence, l'allure du voyage s'est modifiée. Il ne sert à rien d'en faire la remarque, cette modification étant acceptée et comprise par chacun.

La Castille les porte jusqu'aux heures qui précèdent le soir.

— Dans une heure et demie au plus tard, dit Pierre, nous serons à Madrid.

A la traversée d'un villge, Maria désire s'arrêter. Pierre n'y voit pas d'objection. Claire s'arrête. Pierre lui allume une cigarette. Leurs mains s'assemblent et se touchent. Ils ont maintenant des souvenirs précis.

Le village est assez important. Ils s'arrêtent dans le premier café qu'ils trouvent, à l'entrée. Tous les paysans sont encore dans les champs. Ils sont les seuls clients. La salle de café est très grande, vide. Il faut appeler pour être servi. Une radio, dans une arrière-salle n'arrive pas à couvrir l'infatigable zézaiement des mouches sur les vitres. Pierre appelle plusieurs fois. La radio cesse. Un homme arrive, encore jeune. Maria veut du vin ce soir. Pierre aussi. Claire ne boira rien. Judith non plus.

— Comme il fait bon, dit Maria.

Ils ne répondent pas. Judith parcourt la salle et regarde les fresques des murs. Des scènes de moisson. Des enfants sous des charrettes jouent avec des chiens. Un repas est pris en famille dans une solennité naïve, dans les blés, toujours, sur tous les murs, à perte de vue.

— Rien qu'à la regarder, dit Pierre, on saurait que la chaleur a commencé à baisser.

Maria l'appelle et la recoiffe un peu. Elle est mince, nue dans un petit maillot de bain. Elle grimace légèrement sous les coups de peigne.

— Elle sera aussi belle que toi, dit Claire.

— Je le crois aussi, dit Pierre. C'est toi, complètement.

Maria l'éloigne un peu pour mieux la voir et la lâche de nouveau vers le blé des fresques.

— C'est vrai qu'elle est belle, dit-elle.

Maria boit le vin. L'homme, derrière le bar, regarde Claire. Pierre s'arrête de boire. Il faut attendre que Maria ait fini la carafe de vin. C'est un mauvais vin, acide et tiède. Mais elle dit qu'elle l'aime.

— Ce soir, dit-elle, on pourrait sortir. On passera à l'hôtel, on se douchera, on se changera et on pourrait sortir, non ? Je confierai Judith à une femme de chambre, très vite, en arrivant. Non ?

— Bien sûr, dit Pierre.

Maria boit de nouveau. Pierre regarde le vin diminuer dans la carafe. Elle boit lentement. Il faut attendre.

— Mais tu es fatiguée, répond Claire.

Maria fait la moue comme si le vin, tout à coup, était de trop.

— Non, tu vois, le soir, jamais.

Elle fait signe à l'homme derrière le bar.

— Est-ce qu'il y a d'autres nouvelles de Rodrigo Paestra depuis ce matin ?

L'homme cherche et se souvient. Un criminel.

— Mort, dit-il.

Il lève la main et pose sur sa tempe un revolver imaginaire.

— Comment le sait-on ? demande Pierre.

— La radio, il y a une heure. Il était dans un champ.

— Déjà, dit Maria. Je m'excuse de vous avoir ennuyés avec cette histoire.

— Tu ne vas pas recommencer, Maria.

— Je le savais, dit Claire.

Maria a fini son vin. Le patron est reparti derrière son bar.

— Viens, Maria, dit Pierre.

— Je n'ai pas eu le temps de le choisir, dit Maria. Il est tombé sur moi. A la frontière on l'aurait lâché dans les bois et on l'aurait attendu au bord d'une rivière, la nuit. Quelle peur. Il serait arrivé. Du moment qu'il aurait passé le temps qu'il fallait pour atteindre la frontière sans se tuer, il ne se serait plus tué, ensuite, quand il nous aurait connus.

— Tu ne peux pas essayer de l'oublier?

— Je ne le désire pas, dit Maria. Il occupe toutes mes pensées. Il n'y a que quelques heures, Claire.

Ils sortent. Déjà, des charrettes arrivent des champs. Ceux qui ont fini le plus tôt. Ils sourient aux touristes. Leurs visages sont gris de poussière. Il y a des enfants endormis.

— La vallée du Jucar est belle, dit Claire. Cent kilomètres avant Madrid. On devrait y entrer maintenant.

C'est Pierre qui conduit. Claire veut Judith avec elle. Maria la lui laisse. Claire a les mains sur Judith. Maria s'endort très vite après le village, une nouvelle fois. Ils ne la réveillent pas pour voir la vallée du Jucar, mais seulement lorsque Madrid est en vue. Le soleil n'est pas tout à fait couché. Il est au ras du blé. Ils arrivent à Madrid comme prévu, avant le coucher du soleil.

— Ah, que j'étais fatiguée, dit Maria.

— Madrid, regarde.

Elle regarde. La ville s'avance vers eux comme une montagne de pierre tout d'abord. Puis on s'aperçoit que cette montagne se crible de trous noirs que le soleil creuse, et qu'elle s'étale géométriquement en des masses rectangulaires de différentes hauteurs départagées par des espaces vides où la lumière s'engouffre, rose, en une aurore lassée.

— Que c'est beau, dit Maria.

Elle se relève, passe les mains dans ses cheveux, regarde Madrid entourée par la mer du blé.

— Que c'est dommage, ajoute-t-elle.

Claire se retourne brusquement et elle profère comme une insulte :

— Quoi ?

— Qui sait ? Peut-être la beauté.

— Tu ne savais pas ?

— Je dormais. Je m'en aperçois à l'instant.

Pierre ralentit l'allure, forcé de le faire tant Madrid est belle de si loin encore.

— La vallée du Jucar était belle aussi, dit-il. Tu n'as pas voulu te réveiller.

L'hôtel est encore plein. Mais leurs chambres sont réservées.

Il est possible de faire manger Judith qui tombe de sommeil.

Les chambres gardent encore la chaleur du jour. Alors la douche y est bonne. On la prend longue, drue, tiède parce que la chaleur a pénétré la ville jusque dans la profondeur de ses eaux. On la prend seule.

Claire, dans sa chambre se prépare pour ses noces de la nuit qui vient. Pierre, étendu sur son lit, pense à ces noces attristées par le souvenir de Maria.

Leurs chambres sont mitoyennes. Claire, dans le plaisir, ce soir, ne pourra pas crier.

Judith dort. Claire et Maria se préparent pour leurs différentes nuits. Il vient à Pierre des souvenirs de Vérone. Il se lève de son lit, sort de sa chambre et frappe à la porte de sa femme Maria. Il vient à Pierre le goût pressant d'amours défuntes. Quand il entre dans la chambre de Maria, il est dans cet endeuillement de son amour pour Maria. Ce qu'il ignorait c'était l'enchantement poignant de la solitude de Maria par lui provoquée, de ce deuil de lui-même porté par elle ce soir-là.

— Maria, dit-il.

Elle l'attendait.

— Embrasse-moi, dit-elle.

Elle a sur elle, répandu le parfum irremplaçable de son pouvoir sur elle, de son manquement à son amour pour elle, de son bon vouloir d'elle, elle a sur elle, l'odeur de la fin de l'amour.

— Encore, embrasse-moi encore, dit Maria. Pierre. Pierre.

Il le fait. Elle se recule et le regarde. Judith dort. Il sait ce qui va suivre. Le sait-il ? Elle se recule vers le mur et le regarde toujours au lieu de s'avancer sur lui avec son impudeur habituelle.

— Maria, appelle-t-il.

— Oui. — Elle l'appelle aussi — Pierre.

Elle prend la pose de la honte, les yeux baissés sur son corps. Et pourtant elle crie de peur.

Il s'avance vers elle. Un doigt sur la bouche, il

lui fait signe de ne pas réveiller Judith. Il est sur elle. Elle se laisse faire.

— Embrasse-moi, embrasse-moi, vite, je t'en supplie, embrasse-moi.

Il le fait encore. Et elle se recule, très calmement, encore.

— Qu'est-ce qu'on pourrait faire? demande-t-elle.

— Tu es dans ma vie, dit-il. Je ne peux plus me contenter de la seule nouveauté d'une femme. Je ne peux pas me passer de toi. Je le sais.

— C'est la fin de notre histoire, dit Maria. Pierre, c'est la fin. La fin d'une histoire.

— Tais-toi.

— Je me tais. Mais, Pierre, c'est la fin.

Pierre s'avance vers elle, lui prend le visage dans les mains.

— Tu es sûre?

Elle dit que oui. Elle le regarde dans l'épouvante.

— Depuis quand?

— Je viens de m'en apercevoir. Peut-être depuis longtemps.

On frappe à la porte C'est Claire.

— Vous tardiez, dit-elle — elle est pâlie tout à coup. — Vous venez?

Ils viennent.

Un homme danse sur l'estrade une danse solitaire. L'endroit est comble. Il y a beaucoup de touristes. L'homme danse bien. La muisque relaie ses pas sur les planches nues et salies. Des femmes l'entourent, dans ces robes de gitane criardes, hâtivement mises, défraîchies. Ils ont dû danser tout l'après-midi. C'est le surmenage du plein été. Quand l'homme cesse de danser l'orchestre joue des paso doble et l'homme les chante dans un micro. Il a, plaqué sur le visage, tantôt un rire de craie, tantôt le masque d'une ivresse amoureuse, langoureuse et nauséeuse qui fait illusion sur les gens.

Dans la salle, parmi les autres, entassés comme les autres, Maria, Claire et Pierre regardent ce danseur.

FIN

ŒUVRES DE MARGUERITE DURAS

Aux Éditions Albin Michel

OUTSIDE

Aux Éditions du Mercure de France

LE NAVIRE NIGHT

Aux Éditions P.O.L

LA DOULEUR.

Impression Bussière à Saint-Amand (Cher),
le 22 janvier 1986.
Dépôt légal : janvier 1986.
1er dépôt légal dans la collection : décembre 1985.
Numéro d'imprimeur : 212.
ISBN 2-07-037699-0./Imprimé en France.